O PORTAL SAGRADO
mistérios e magias do coração

Editora Appris Ltda.
1.ª Edição - Copyright© 2022 da autora
Direitos de Edição Reservados à Editora Appris Ltda.

Nenhuma parte desta obra poderá ser utilizada indevidamente, sem estar de acordo com a Lei nº 9.610/98. Se incorreções forem encontradas, serão de exclusiva responsabilidade de seus organizadores. Foi realizado o Depósito Legal na Fundação Biblioteca Nacional, de acordo com as Leis nos 10.994, de 14/12/2004, e 12.192, de 14/01/2010.

Catalogação na Fonte
Elaborado por: Josefina A. S. Guedes
Bibliotecária CRB 9/870

A161p
2022
	Abrantes, Ana
	    O portal sagrado : mistérios e magias do coração / Ana Abrantes.
	    1. ed. - Curitiba : Appris, 2022.
	    133 p. ; 23 cm.
	
	    ISBN 978-65-250-2803-3
	
	    1. Ficção brasileira. 2. Magia. 3. Mistério. I. Título.
	
	                                                          CDD – 869.3

Livro de acordo com a normalização técnica da ABNT

Appris
editora

Editora e Livraria Appris Ltda.
Av. Manoel Ribas, 2265 – Mercês
Curitiba/PR – CEP: 80810-002
Tel. (41) 3156 - 4731
www.editoraappris.com.br

Printed in Brazil
Impresso no Brasil

Ana Abrantes

O PORTAL SAGRADO
mistérios e magias do coração

FICHA TÉCNICA

EDITORIAL
Augusto V. de A. Coelho
Marli Caetano
Sara C. de Andrade Coelho

COMITÊ EDITORIAL
Andréa Barbosa Gouveia (UFPR)
Jacques de Lima Ferreira (UP)
Marilda Aparecida Behrens (PUCPR)
Ana El Achkar (UNIVERSO/RJ)
Conrado Moreira Mendes (PUC-MG)
Eliete Correia dos Santos (UEPB)
Fabiano Santos (UERJ/IESP)
Francinete Fernandes de Sousa (UEPB)
Francisco Carlos Duarte (PUCPR)
Francisco de Assis (Fiam-Faam, SP, Brasil)
Juliana Reichert Assunção Tonelli (UEL)
Maria Aparecida Barbosa (USP)
Maria Helena Zamora (PUC-Rio)
Maria Margarida de Andrade (Umack)
Roque Ismael da Costa Güllich (UFFS)
Toni Reis (UFPR)
Valdomiro de Oliveira (UFPR)
Valério Brusamolin (IFPR)

ASSESSORIA EDITORIAL
Lucas Casarini

REVISÃO
Ana Paula Luccisano

PRODUÇÃO EDITORIAL
Bruna Holmen

DIAGRAMAÇÃO
Bruno Ferreira Nascimento

CAPA
Sheila Alves

COMUNICAÇÃO
Carlos Eduardo Pereira
Karla Pipolo Olegário

LIVRARIAS E EVENTOS
Estevão Misael

GERÊNCIA DE FINANÇAS
Selma Maria Fernandes do Valle

*A meus netos, Matheus, Julia e Lucca, anjos de Luz,
desejando que esta história venha a servir como uma fantasia encantada e
inspiradora para suas escolhas na vida.*

*A minhas filhas, Luciana e Tatiana, com minha admiração
e reverência pelo exemplo de amor, fé e luz que são para mim.*

AGRADECIMENTOS

Este livro tem a contribuição de tantos amigos, parceiros, alunos e pessoas em geral que, mesmo sem saber, com seu apoio e aceitação, e também com seus *feedbacks* e contestações, tiveram influência primordial na minha escrita, e me fizeram refletir melhor sobre as viagens intuitivas e mágicas que eu realizava. A eles, deixo aqui meu imenso agradecimento.

O livro é resultado também do apoio incondicional e amoroso de Lourdes, Paulo e Jaíra, da Nós da Comunicação, que, desde meu primeiro livro, me ajudam, acolhem e me respondem com extrema competência e carinho. A seus corações lindos e sua generosidade infinita, minha eterna gratidão.

Não poderia deixar de agradecer a uma amiga e parceira muito especial, Vera Cavalcanti, que prefaciou este livro e me ofereceu valiosas observações, trazendo contribuições importantes para o fluir da história. Obrigada, Vera!

Como já fiz no meu primeiro livro, destaco meu agradecimento a Mokiti Okada, meu Mestre maior, minha Luz, meu porto seguro e meu exemplo de sabedoria evolutiva e amor incondicional pela humanidade.

E, por fim, registro aqui um reconhecimento especial ao meu coração, cuja ousadia e coragem me impulsionaram sempre a descobrir os seus mistérios e segredos, e, principalmente, a encontrar e fazer a escolha de atravessar o Portal.

Prefácio

Nada é mais importante do que alguém que, com sua incrível sensibilidade, consegue perceber o momento singular da história da humanidade que estamos vivendo e nos oferece, corajosa e generosamente, o caminho do coração como, segundo a autora, a saída definitiva para o nó do processo evolutivo que ora passamos.

A passagem de um século a outro, de um milênio a outro, não acontece sem instigar algumas ou muitas reflexões. Estamos nos despedindo de mil anos de nossa história. Se olharmos bem, a vida humana é uma sucessão de despedidas que caracterizam passagens de um estado a outro, de um momento a outro, com mudanças, às vezes, profundas. Os ritos de passagem são marcos culturais, sociais e afetivos importantes e merecem atenção.

O marco do nosso tempo é um marco civilizatório que está levando a humanidade a entrar em contato com a sacralidade da vida em seu pleno e amplo sentido, e com uma consciência que pede expansão. Um marco que Ana, com grande dedicação e espírito de busca, vem nos alertando, em seus trabalhos de mentoria, palestrante, em workshops e como facilitadora de trabalhos de grupo, sobre o papel e importância dos mistérios e magias do coração.

Vivemos um grande momento para criar, aprender, desaprender, reaprender, descobrir, duvidar, mas, principalmente, um grande momento para sentir, perceber, intuir, conectar e emocionar-se, pois a realidade é muito rica, diversa, complexa e de grande beleza para ser entendida apenas pela razão que tudo entende, explica e julga de forma parcial e impessoal.

O portal sagrado: mistérios e magias do coração é um livro sobre o sentir, esse aparente estranho no nosso corpo. A leitura deste livro nos conduz a uma jornada de grandes descobertas, grandes verdades sobre o momento planetário que vivemos, ao mesmo tempo que oferece recursos preciosos para que possamos realizar nosso rito de passagem rumo a seres humanos mais integrados com nós mesmos, com o outro e com a grande natureza, mais amorosos, mais éticos e coletivos, ampliando nossos níveis de percepção e consciência.

Ana consegue, de maneira magistral e poética, colocar em forma de história todo seu conhecimento, estudos aprofundados, no Brasil e no exterior, e sua experiência sobre o tema energia do coração.

Tenho certeza de que ao se entregar aos mistérios e às magias da jornada do coração, você terá um encontro fascinante com sua potência amorosa e com o amor capaz de curar as feridas de um mundo que precisa de cuidados.

Ana estende as mãos e nos convida a atravessar o Portal Sagrado do Coração com a firmeza, a delicadeza e o encantamento de quem sabe o bem mais precioso que cada um pode encontrar nessa jornada. Qual?

Vou deixar você descobrir para experimentar como eu experimentei a expectativa e a curiosidade que cada passo desperta para conhecer as Cinco Verdades do Coração e a nossa Missão de Alma. Sugiro buscar um lugar tranquilo para a sua leitura, entregar-se, confiar, vibrar, amar e desfrutar a sua jornada.

Prepare-se para viver uma experiência completa, intensa e leve, instigadora e acolhedora, uma viagem mágica e real.

> Melhor a viagem que nos faz vulnerável
> do que a segurança que nos rouba o caminho.
> Melhor enfrentar a vertigem do horizonte
> e usufruir a liberdade do que investir
> em portas reconfortantes que nos fazem
> cativos e solitários.
>
> (Nilton Bonder)[1]

---

[1] BONDER, Nilton. **Tirando os sapatos**: o caminho de Abraão, um caminho para o outro. Rio de Janeiro: Rocco, 2008. p. 101.

Obrigada, Ana, pela honra de escrever o prefácio deste livro inspirador e pelas nossas parcerias de trabalho que nos levaram a nos tornamos grandes amigas.

Boa leitura!

Vera Cavalcanti

Mestre em Sistemas de Gestão pela UFF (Universidade Federal Fluminense). Psicóloga Organizacional com formação em Psicodrama – Escola Moreniana de Psicodrama/ RJ e em Coaching Executivo pelo ICI (Integrated Coaching Institute) e Mackenzie.

Sumário

Introdução
15

O Chamado
19

CAPÍTULO 1
A Identidade Essencial
21

CAPÍTULO 2
Tempo Limite
37

CAPÍTULO 3
O Espaço Sagrado do Coração
59

CAPÍTULO 4
Pragmatismo do Coração
85

CAPÍTULO 5
O Grande Encontro
107

CAPÍTULO 6
O Retorno
123

Introdução

Magia e realidade; mistérios e segredos da vida; evolução e involução – esses temas sempre me fascinaram, desde muito nova, e foi esse fascínio que me impulsionou a pesquisar durante mais de 20 anos o oculto sagrado guardado no coração e o seu papel no processo de evolução da humanidade.

Este livro fala de alguns dos surpreendentes mistérios e magias do coração, porém não a magia de mágicos, cartolas e espetáculos a que podemos assistir, ou mesmo de experiências mirabolantes e por demais extraordinárias. Fala, sim, sobre a mágica simples e natural que cada ser humano pode realizar por meio de uma jornada para dentro de si mesmo, incrivelmente encantada e, ao mesmo tempo, plenamente verdadeira e real, que leva ao encontro do verdadeiro grande mágico da evolução da humanidade nestes momentos atribulados e caóticos – o coração espiritual.

Eu mesma já realizei essa jornada e venho caminhando pelas suas trilhas nas últimas décadas, surpreendendo-me e, muitas vezes, espantando-me com o que existe por detrás de cada passo dado nesse caminho para o coração. Após incontáveis experiências pessoais e constatações admiráveis com alunos e parceiros dos cursos ministrados, as surpresas e maravilhamentos continuam acontecendo, mostrando-me que há ainda muitos outros segredos a serem desvendados sobre o momento que a humanidade está vivendo e sobre a importância crucial do coração nesse processo. Algumas perguntas iniciais devem ser colocadas aqui: *por que, exatamente neste momento de nó evolutivo da humanidade, o coração é redescoberto pela ciência com um poder muito superior ao de uma bomba fantástica de sangue? Por que será que tanto se fala hoje, por meio de livros, palestras e cursos, sobre as energias do coração?*

Acredito piamente que essas novas revelações e o interesse amplo pelo tema estão acontecendo nesses tempos atribulados de hoje não por coincidência, mas por extrema necessidade. O momento atual, todos concordam, mais do que em todas as outras épocas vividas pela humanidade, é repleto de intensidade, complexidade, insegurança e caos. A humanidade alcançou um inigualável patamar científico, porém o cenário à nossa volta só nos leva a perceber que toda essa cultura essencialmente tecnológica e materialista dos últimos séculos acabou por trazer também destruição, insegurança, separação, violência e desamor, afastando o homem de seu objetivo primordial de felicidade, união e evolução. Chegamos a um ponto crítico em que a vida do planeta está em jogo e sabemos que essa realidade não pode continuar. É preciso surgir uma nova cultura; uma nova inteligência transformadora, mais sábia e alinhada com dimensões elevadas de pensamento e percepção, para que se encontrem as respostas que salvarão o planeta e a todos nós.

Por essa razão, o Universo agora, em sua magia evolutiva, possibilita-nos conhecer novas verdades sobre o coração e sua inteligência intuitiva, sobre sua sabedoria amorosa e suas informações sutis transformadoras. Assim nascerá a nova inteligência superior, que unirá as perspectivas do cérebro e as do coração, e ampliará os horizontes do ser humano. Mais uma vez, afirmo com total segurança – a saída definitiva para o nó do processo evolutivo que a humanidade vive hoje está guardada dentro do coração.

Em minha trajetória de vida, a redescoberta do coração no final do século passado, com seu elevado poder energético e informativo sendo atestado pela ciência, serviu para confirmar que o *sentir* precisava ser alimentado entre os seres humanos e que os conceitos amorosos que eu procurava estimular em minha vida e no trabalho eram, sim, a solução energética e espiritual para um mundo que agonizava diante da materialidade que imperara nos últimos séculos. Esse novo saber sobre o coração e o poder sutil dos seus sentimentos elevados redefiniram meu caminho pessoal e profissional, e me impeliram a prosseguir tentando desvendar os seus mistérios para, de alguma forma, levar essas novas percepções para muitas outras pessoas. Para mim, o coração se revelou, principalmente, como uma fenda evolutiva, a experiência imprescindível para que o ser humano possa dar o salto dimensional de percepção e ação que está sendo oferecido neste momento como uma ponte para a evolução e o renascimento do planeta.

O meu primeiro livro, *Conexão coração®* (2011), serviu e serve ainda de base para nossos trabalhos de treinamento e mentoria, apresentando parte da ciência já existente sobre o poder diferenciado e transformador do coração, com ênfase no dia a dia de pessoas e empresas. O segundo livro, *Intuição e criatividade na tomada de decisões* (2017), em coautoria com a Prof.ª Dr.ª Stela Maris Sanmartin, levou-me aos êxtases criativos que nos assaltam quando penetramos mais profundamente no campo do poder criador do ser humano.

Mais recentemente, no entanto, meu coração começou a me chamar de volta para ele mesmo, atraindo minha atenção para as novas verdades que a todo instante eram reveladas sobre seu poder e me fazendo refletir, mais uma vez, sobre o seu papel neste momento de purificação mundial, já que eu continuava a presenciar e facilitar experiências transformadoras incrivelmente aceleradas na vida dos que escolhiam seguir o caminho do coração.

Por esse motivo, compreendi que havia ainda muitas outras coisas importantes que deviam ser ditas e, então, embarquei nessa viagem solitária, porém extremamente reveladora e instigante, que foi escrever este terceiro livro, retomando o tema do coração e resumindo nele, de forma simples e encantada, as minhas mais recentes intuições e percepções. Penetrei mais fundo em estudos e pesquisas, entregando-me totalmente ao trabalho com as energias e a inteligência do coração, levando também para minha própria vida, com maior intensidade, as técnicas e as meditações cardiointuitivas, e praticando as orientações do coração no dia a dia pessoal e profissional. E foi em meio a esse processo que, inesperadamente, com extrema radiância e beleza, o Portal se revelou para mim, lançando meu ser num carrossel acelerado de encontros, varinhas de condão, surpresas inimagináveis e revelações poderosas.

Este livro apresenta ao leitor esse Portal. É bem diferente dos outros dois que escrevi, pois traz uma abordagem mágica e encantada. Conta a história de uma jovem, Lisa, em busca de sua essência real e da sua missão de vida, que passa a viver experiências transformadoras após atravessar um misterioso portal. Ele a lança numa jornada de evolução e expansão espiritual, oferecendo-lhe reveladoras descobertas e vivências que vão acontecendo mediante o recebimento de Cinco Verdades do Coração, as quais, aos poucos, conduzem-na ao entendimento de sua Missão na Terra. É uma história que fala de transição planetária, autoconhecimento essencial, poderes do coração, mudança frequencial e, também, do papel do ser humano neste momento especial que vivemos. Oferece igualmente ao leitor as Práticas do Coração, que são passadas à Lisa para facilitar o seu desenvolvimento e a apreensão dos ensinamentos contidos nas Cinco Verdades. Tudo isso coroado pela presença e pelas sábias orientações de um Mestre amoroso e instigante que a acompanha o tempo todo na jornada, ensinando, esclarecendo e estimulando-a.

As técnicas do coração aqui apresentadas são utilizadas em nossos cursos e mentorias, e se originaram fundamentalmente dos ensinamentos recebidos de Susan Castle – que iniciou o trabalho do coração em minha vida – e de Diana Vela – que me ensinou a ser uma *Heart Leader*. Aos poucos, fui complementando essas técnicas com a visão criativa que vem da minha formação em Criatividade e Inovação, e com outros ensinamentos que recebi do HeartMath Institute e dos livros de Puran Bair, que se dedicam ao trabalho do coração com especial cuidado e verdade. A eles ofereço a minha imensa gratidão e honro os seus trabalhos incansáveis para despertar os corações.

Alguns conceitos descritos aqui já foram em parte apresentados no primeiro livro *Conexão coração®* (2011), porém recebem agora uma roupagem nova e aprofundada para melhor esclarecimento e compreensão. Acreditamos plenamente que nas Cinco Verdades do Coração estão guardadas importantes diretrizes para a evolução espiritual em germinação no planeta, as quais precisam ser urgentemente assimiladas para a regeneração da Terra. Nossa certeza hoje reside na constatação de que a Nova Era tão falada por Mestres e sábios já está nascendo; de que o momento do despertar da humanidade já chegou; e de que a chave para esse despertar começa na reabertura dos canais energéticos superiores do coração, o grande Portal Sagrado da Evolução. Atravessar esse portal vai depender de uma escolha pessoal e essa escolha definirá o papel de cada um neste misterioso, espantoso e mágico momento vivido pela humanidade.

Para os que escolherem atravessá-lo, desejo uma boa jornada!

O Chamado

Lisa já caminhava sem parar há alguns minutos, ainda sem entender o porquê de estar ali. A estrada rústica, cercada de plantas rasteiras e árvores levemente espaçadas entre si, serpenteava entre morros baixos e densos, que ela contemplava com surpresa e curiosidade, envolta pelo mistério que envolvia esse momento especial. Como chegara ali, não saberia responder; apenas lembrava que pressentira em seu coração que tinha que seguir por aquele caminho. Seus passos seguiam como que guiados por uma força misteriosa e ela avançava sem parar, ainda sem saber ao certo para onde, por que e para quê. A única certeza que tinha era de que devia continuar.

Após uma leve curva do caminho, de forma inesperada, uma ampla planície se abriu diante de Lisa, esparramando-se com brilho e colorido entre morros um pouco mais altos, encantando o seu olhar. Com grande surpresa, parou e olhou à volta, procurando absorver a maravilhosa paisagem daquele local para onde seus passos a tinham levado tão decididamente. Vasculhou de maneira atenta cada pedacinho da planície, notando seus detalhes perfeitos e harmoniosos, e conseguiu até mesmo sentir as fragrâncias deliciosas que emanavam de suas flores e gramados. Num dado momento, como num chamado, seus olhos foram atraídos para o extremo da planície, onde ela pôde ver, majestoso e reluzente, um imenso Portal, envolto por uma névoa baixa, que tornava tudo mais enigmático e surpreendente.

No exato momento em que o avistou, como que percebendo sua presença, o Portal misterioso entreabriu de leve as portas duplas, parecendo convidá-la a entrar e conhecer os seus segredos. Sem saber por que, no entanto, apesar do convite atrativo que vinha de sua poderosa Luz, Lisa não conseguiu se mexer. Perguntas invadiram sua mente sem parar: *que Portal é esse? Por que atravessá-lo se está tudo tão tranquilo e seguro deste lado? Para que arriscar e lançar-se em algo desconhecido?*

Atormentada pelos questionamentos que se fazia, manteve-se imóvel, sentindo a dúvida crescer dentro de si: prosseguia para conhecer o outro lado desse Portal tão misterioso e reluzente ou voltava pelo caminho que a trouxera até ali? Sua mente dizia que seria mais fácil retornar e continuar a viver o seu dia a dia na ignorância de novas aventuras, na cotidiana labuta tão conhecida do seu viver. A mente gritava: *volte!* Mas seu coração sussurrava: *siga!*

Quanto tempo ficou ali assim: segundos? Minutos? Uma eternidade? Não saberia dizer. Mas a curiosidade fez com que ela olhasse novamente para o Portal, que ainda, com grande radiância, instigava-a a entrar. Foi então que, num impulso inesperado, rompendo todos os medos e as inseguranças, e impulsionada pelo espírito de busca que sempre a guiara na vida, Lisa escolheu seguir o coração. Decidida, caminhou apressada na direção do belo Portal e, com a mão trêmula e o coração sobressaltado, abriu-o plenamente. E diante do que viu do outro lado, compreendeu então que seu caminho estava selado, que respostas seriam encontradas e não haveria mais volta. O mistério começava a se revelar.

CAPÍTULO 1

A IDENTIDADE ESSENCIAL

Lisa agora se encontrava do lado de lá do misterioso Portal, num local que, de tão belo e encantado, parecia saído diretamente de um livro de contos infantis. Via-se diante de um campo aberto, coberto por uma grama rasteira aveludada, exibindo aqui e ali pequenos canteiros de flores multicoloridas e plantas silvestres, que adicionavam tons variados ao cenário, verdadeiras pinceladas de beleza dadas pelo Criador. Esse cenário perfeito era cortado por uma estrada natural ladeada por árvores frondosas, cujas copas se encontravam de vez em quando no alto, formando pequenos túneis naturais que, atravessados pelos raios solares, desenhavam belos mosaicos de luz e sombra no chão. Essa estrada seguia serpenteando pelo campo até se perder mais ao longe ao pé dos morros que o cercavam, e que completavam com força e poder esse belíssimo recanto da natureza.

Lisa sentia uma vibração especial nesse lugar, uma energia indescritível de harmonia e total equilíbrio, como se ela tivesse entrado em outra dimensão nunca antes vivenciada. Os sons variados da vida que reverberava por todos os lados e os movimentos percebidos de vez em quando criavam uma sinfonia agradável para seus ouvidos atentos. Incrivelmente, apesar da surpresa e da estranha experiência do Portal, ela se sentia de modo surpreendente segura e confiante, e não conseguia deixar de achar em seu íntimo que já conhecia esse lugar. E se perguntava: o que a esperava desse lado do Portal nesse cenário tão perfeito e abundante, que lhe parecia tão íntimo?

No silêncio repleto de ruídos e encantos da natureza, Lisa teve a sensação de ouvir uns passos perto de si. Virou-se rapidamente e olhou firme para trás, agora um pouco assustada, espremendo os olhos para se defender da luz do sol. Com enorme espanto, percebeu um ser especial vindo em sua direção, grandioso e sorridente, cabelos longos e claros levemente cacheados descendo até a altura do ombro, usando uma veste de cor clara que lhe dava um ar de sabedoria e transcendência. Ele caminhava em sua direção, vagarosamente, mas com passos decididos, com um olhar penetrante e suave ao mesmo tempo, e estampava no rosto um sorriso largo que parecia demonstrar que já a conhecia há muito tempo. Mas como? Ela nunca o encontrara antes... pelo menos era o que pensava. Porém, apesar de achar que nunca o conhecera, o seu semblante forte e ao mesmo amoroso lhe passava total confiança e uma reconfortante serenidade.

Agora ele se encontrava diante dela e Lisa podia sentir a energia poderosa que aquele ser irradiava, que ela percebia sendo de puro amor. Sem hesitar, apressou-se em perguntar:

— Quem é você? Por que está aqui?

— Eu sou seu Mestre na jornada que você iniciou ao atravessar o Portal. Você me chamou. Vou acompanhá-la o tempo todo, facilitando sua caminhada e seu aprendizado.

— Quando eu o chamei? – ela perguntou com incredulidade.

— Desde sempre – falou o enigmático ser à sua frente, esboçando um leve sorriso. – O momento certo chegou para eu aparecer.

— O que você quer de mim? – perguntou Lisa, ainda com uma pontada de espanto.

— Não sou eu que quero, Lisa; é você. Você escolheu isso; sua alma assim deseja.

— E o que eu escolhi na verdade? – ela perguntou um tanto confusa.

— Você escolheu atravessar o Portal.

— E que Portal é esse? Para que atravessar? – insistiu com a curiosidade aguçada.

— Esse portal que você atravessou é o Sagrado Portal do Coração, que abre caminho para uma jornada evolutiva a encontro de *Cinco Verdades*, as quais lhe serão entregues à medida que você avançar.

Essas verdades são revelações do Criador e encerram ensinamentos básicos necessários para o grande salto dimensional que a humanidade precisa dar neste momento especial da existência do planeta. E como essa jornada não é teórica, mas vivencial, para cada Verdade do Coração você receberá também práticas e tarefas para realizar, a fim de facilitar a assimilação dos ensinamentos e lhe permitir experimentar em si os efeitos do processo de evolução. Essa jornada é uma experiência profunda de ser, que deve ser vivida em sua plenitude, com entrega e comprometimento.

— Você pergunta por que atravessar o Portal – ele prosseguiu.
— Nos dias de hoje, atravessá-lo é uma urgente necessidade! Você vai aprender nesta jornada que existe um Plano Divino de evolução para a Terra, no qual vocês, seres humanos, têm papel de protagonistas. Atravessar o Portal é a ponte que os levará a evoluir e entender o real significado deste plano e do papel de cada um.

— Você falou em grande salto da humanidade. O que é esse grande salto? – Lisa procurou entender melhor.

— Isso se refere ao grande salto evolutivo que todo ser humano está sendo convidado a dar neste exato momento da história. É, na verdade, um salto de consciência; uma elevação no nível de percepção individual que, de forma coletiva, poderá estruturar uma nova realidade para a Terra. É o maior salto evolutivo já oferecido à humanidade até hoje em sua história, e somente com ele o ser humano conseguirá cumprir sua verdadeira missão e ser plenamente feliz, interrompendo o ciclo destrutivo atualmente em curso no planeta. É uma grande e esperançosa oportunidade para todos. E as Verdades do Coração ajudam os indivíduos a dar esse salto.

— E qual é a primeira Verdade? – ela perguntou com a ansiedade que lhe era peculiar.

— Calma – disse o Mestre, sorrindo com a pressa de Lisa. – Primeiro, vamos caminhar um pouco por essa acolhedora estrada, aproveitando a sombra das árvores e o frescor da manhã.

Com um misto de curiosidade e desafio pessoal, Lisa aventurou-se a caminhar ao lado do Mestre, abraçando a vibração amorosa desse ser que a conduzia para frente naquele espaço energizante. Tudo brilhava, tudo pulsava, e a luz do sol que se esgueirava entre as árvores na estrada pincelava seu corpo e o aquecia, como se milhares de pequeninas luzes tivessem se acendido dentro dela ao mesmo tempo. O campo à volta reluzia também com o sol vibrante, agora um pouco mais alto, e mostrava-se ainda mais exuberante em cores e ruídos. A natureza resplandecia e fazia questão de se exibir em sua beleza harmoniosa. Alimentada por essa vida que reverberava à sua volta e pela energia do lugar, ela seguia determinada ao lado do Mestre. Não estava mais assustada; não sabia por que, mas sentia como se essa jornada fosse a jornada da sua vida, o primeiro passo na escalada do real sentido do seu viver, algo que percebia, buscara, sim, por tantos anos inconscientemente. Pressentia agora, sem sombra de dúvidas, que essa jornada iria mudar definitivamente sua vida.

À medida que caminhavam, o Mestre procurava esclarecer todas as perguntas que Lisa lhe fazia uma após a outra sobre o lugar, as montanhas, a jornada e até mesmo sobre ele próprio. Em determinado momento, Lisa percebeu que três pássaros majestosos e exóticos, com penas em tons dourados e brancos, de rara beleza, começaram a acompanhá-los, ora nos campos, ora junto a eles na estrada, e, de forma inexplicável, com seus ruidosos gritos pelo céu azul, pareciam repetir as palavras: *tudo certo, tudo perfeito, tudo tem coração!* Seria isso possível? – perguntava-se Lisa – mas era exatamente o que ela ouvia, com grande surpresa nesse início de jornada que já se mostrava tão especial e encantada.

Após alguns minutos de caminhada, sempre acompanhados pelos pássaros dourados, o Mestre parou e convidou-a a se sentar com ele aos pés de um imponente carvalho, que oferecia uma sombra ampla e acolhedora. Assim o fizeram, e Lisa notou que os pássaros dourados haviam feito uma curva e se colocado nas árvores à volta, como se quisessem também descansar junto a eles e participar da conversa. Que pássaros são esses, que caminham com os viajantes e parecem falar? Essa era a pergunta que insistia em se repetir em sua cabeça.

O Mestre então começou:

— Como lhe falei, o Portal que você atravessou é o sagrado Portal do Coração. Não estamos falando do coração físico, mas de uma dimensão sutil do coração, que chamamos de *coração espiritual*, um campo energético de elevada vibração que alinha o ser humano a saberes e informações de níveis dimensionais superiores, os quais guardam os novos registros cósmicos evolutivos para a Terra. É, na verdade, uma fenda evolutiva, que revela mistérios esquecidos pela humanidade em sua frenética corrida materialista, egoica e competitiva. Para quem o atravessa, portanto, ele abre caminho para uma jornada pessoal de desenvolvimento espiritual, que está agora disponível para todos os seres humanos, esperando que os viajantes venham. Porém, somente aqueles que escolherem evoluir e seguir o coração receberão permissão para conhecer as lições e os ensinamentos que essa fenda dimensional libera. Essa jornada, portanto, está disponível para todos, contudo, é preciso primeiro fazer a escolha de realizá-la. Alguns escolherão abrir o Portal e lançar-se nessa aventura surpreendente de novas percepções, sentimentos e experiências reveladoras; outros, não. Você escolheu atravessar o Portal e, por isso, a jornada se apresentará aqui e agora com as Cinco Verdades do Coração. Para quem não fez a escolha, ela nunca se apresentará, e os novos ensinamentos e as frequências vibratórias por ela anunciados nunca serão conhecidos. Lembre-se sempre, Lisa: evoluir é uma escolha!

— Por que alguns escolherão não fazer a jornada?

— Essa jornada, repito, é um caminho que qualquer um pode fazer; poucos, no entanto, estão prontos para iniciá-la. O ser humano está tão acostumado a escolher o caminho da mente e da racionalidade que não é tão simples escolher o coração, que vive no campo vibratório do sentir. Não é um caminho fácil; exige bastante desapego, muita coragem e comprometimento, porque é tudo muito novo, muito pouco explorado ainda, e suas verdades foram abandonadas por séculos pelos seres humanos, que acreditaram que o sentir não tinha importância para a sobrevivência e a evolução. A mente reinou absoluta nos últimos séculos; porém, agora, o Criador está convidando a todos para que despertem o coração, redescobrindo a verdade essencial de cada um e o seu plano para a Terra, que visa iniciar o processo de regeneração e reconstrução da cultura planetária. É a essa reconstrução e às novas frequências criadoras que essa jornada se refere. As Cinco Verdades, na realidade, facilitam a sintonização e o alinhamento com essas novas frequências e registros. Aprendidas e vividas, permitem o grande salto evolutivo.

Lisa ficava cada vez mais curiosa e envolvida pelas palavras do Mestre. Lembrava que sempre se interessara por temas relacionados à evolução e à Nova Era, e agora começava a perceber por quê. Com curiosidade crescente, perguntou:

— E o que acontecerá com os que não fizerem a escolha de atravessar o Portal do Coração e evoluir para a nova dimensão?

— Eles não se elevarão ao nível de vibração das novas frequências e ficarão para trás no processo evolutivo. Então, limpezas e purificações mais intensas se farão necessárias. Vão precisar de muita ajuda para poderem se sintonizar e sobreviver.

Lisa ficou totalmente absorvida por essas palavras e agradeceu ao Mestre por esses ensinamentos. Ficaram em silêncio por uns minutos e, após alguns momentos, retomaram a jornada pela linda estrada. E, junto a eles, os estranhos pássaros também vieram. Mas Lisa ainda tinha muitas perguntas para fazer ao Mestre, e não resistiu:

— E como se faz essa sintonização?

O Mestre sorriu com a ansiedade de Lisa em saber cada vez mais e respondeu:

— Devagar, Lisa, não se apresse. Sua jornada está apenas começando. Isso lhe será revelado muito em breve pelas Verdades do Coração. Vamos prosseguir e apreciar juntos a beleza da natureza nesse local.

Seguiram caminhando lado a lado pela estrada arborizada na direção do extremo do campo vibrante, onde se assentavam os morros e os montes, e Lisa aproveitou para refletir sobre o que o Mestre acabara de lhe dizer sobre escolhas. Ainda tinha dúvida se ela sozinha havia escolhido fazer essa jornada, mas algo lhe dizia que fizera a escolha certa e que estava no lugar ideal, com o Mestre perfeito.

Encontrava-se tão imersa em seus pensamentos, caminhando vagarosamente naquele maravilhoso cenário, ao lado daquele ser tão especial, que mal se deu conta de que haviam atravessado todo o vasto campo e se encontravam agora num ambiente diferenciado, onde os primeiros morros mais altos emolduravam o caminho, assentando-se mais próximos da pequena estrada na qual se encontravam. O Mestre a convidou a seguir por uma passagem estreita entre dois desses morros e, após breves minutos de caminhada, a passagem os levou a um cenário inesperado, algo que ela não poderia nunca esperar encontrar nesse local: encravada entre os montes, abria-se diante de si uma pequena clareira úmida e fresca, toda recoberta de musgos pelo chão e ricamente embelezada por diminutas flores brancas que floresciam por toda a sua extensão. Esse singular espaço aberto entre os morros possuía, perfeitamente espaçadas e alinhadas, árvores altas de caules finos e longos, com copas estreitas que permitiam que os raios solares penetrassem mais amplamente entre elas, formando um ambiente de magia resplandecente, com um toque enigmático, que a encantou. Era uma visão inesperada, sim, mas esplendorosa, e o ambiente umedecido e orvalhado do local trouxe para o coração de Lisa um profundo sentimento de paz. Toda essa organização natural dava a sensação de um ninho aconchegante para o descanso e a reflexão dos caminhantes.

Despertou de seu encantamento com o canto misterioso dos pássaros dourados e percebeu que eles davam voltas acima da clareira, parecendo estar felizes com o frescor desse cenário, sempre repetindo o que agora Lisa percebia ser um verdadeiro mantra para a jornada: *tudo certo, tudo perfeito, tudo tem coração.*

Em meio ao cantar dos pássaros, ouviu o Mestre que, ao seu lado, lhe dizia:

— Vamos nos sentar nesse banco de pedra aqui ao lado. Antes de receber a Primeira Verdade do Coração, você precisa conversar um pouco com as pedras e aprender com elas.

Espantada com a proposta do Mestre de conversar e aprender com as pedras, mas comprometida com a jornada e já ciente de sua magia, sentou-se ao lado dele no pequeno banco de pedra cinzenta, curiosa com o que estava por vir.

O Mestre explicou para Lisa que as pedras, por serem elementos que vivem milhares e mesmo milhões de anos, guardam segredos da Natureza e da evolução. Enfatizou que elas são uma fonte de boas energias e de proteção para todos os seres humanos. E completou dizendo:

— Se falarmos com as pedras, elas conversarão conosco e nos ensinarão muitas coisas para nossa transformação. Quero lhe propor uma experiência que tem tudo a ver com a primeira verdade que você está prestes a receber.

Retirou, então, de um pequeno saco de veludo ao pé do banco algumas pedras semipreciosas de tamanhos variados, e espalhou-as em cima do banco. Eram pequenas ametistas, citrinos, jades, cornalinas, pedras da lua, pedras do sol, selenitas, quartzos, entre outras. Pediu então que Lisa as olhasse atentamente e, quando se sentisse atraída por uma dessas pedras, a pegasse para si.

Assim ela fez e agora tinha em suas mãos uma pequenina jade de tom verde-claro transparente, que, ela se lembrava, era considerada uma pedra que equilibra os chakras, purifica as energias, e traz paz e serenidade espiritual. Não a escolhera; fora escolhida por ela, com certeza, porque depois de vê-la em toda sua beleza não conseguiu mais olhar para nenhuma outra pedra.

O Mestre agora lhe dizia:

— Você vai conversar com essa pedra por meio da observação profunda e de uma comunicação sutil que se estabelecerá. Vou conduzi-la por essa vivência dando-lhe alguns comandos, combinado? Vou falando e você vai fazendo, certo?

— Sim – respondeu Lisa, totalmente entusiasmada com a proposta do Mestre.

— Primeiramente, quero que você olhe bem a pedra e perceba a sua forma atual. Com o que ela se parece? Quais as peculiaridades desse formato especial e único? Percebe reentrâncias? É uma pedra irregular ou não?

Lisa se entregou a essas observações e foi conhecendo um pouco mais da forma e dos contornos de sua pedra. Era impressionante como esse olhar atento encontrava detalhes que, antes, ao olhá-la pela primeira vez, havia desconsiderado. Parecia, sim, que a pedra se mostrava sem inibições para ela: percebeu imperfeições e irregularidades, porém, quanto mais olhava, mais bela a achava, mesmo não sendo perfeita talvez aos olhos de outros. Para ela, neste momento, a jade que tinha em mãos era totalmente perfeita em sua imperfeição.

— Agora – ele continuou após alguns minutos – quero que você observe sua cor. Quais os matizes que você vê? O que é especial nessa cor? Por que essa cor lhe chamou a atenção? A que essa cor a remete?

Lisa buscou uma intimidade maior com os matizes da cor que tanto admirara antes e impressionou-se mais uma vez: não era uma

O PORTAL SAGRADO

cor uniforme; eram muitos e delicados tons diminutos que se entrelaçavam para dar aquele belíssimo tom final de um verde único.

E o Mestre prosseguiu:

— Feche os olhos agora e toque nessa pedra, procurando perceber as sensações que ela lhe traz. Sente asperezas às vezes? Sente suavidade? É gostosa de tocar? Que percepções especiais ela lhe oferece?

Lisa fechou os olhos e sentiu com atenção redobrada o toque da pedra em suas mãos, sua suavidade e, em alguns momentos, sua aspereza, espantada com tudo que podia perceber sobre essa pequenina jade, além de sua cor e forma. Nunca havia se permitido fazer isso, e estava descobrindo novas e variadas possibilidades de observação nunca antes pensadas. Quanto essa pedra já havia vivido! Quanto ela se transformara ao longo dos anos e chegara até ali, em suas mãos! E que outras mudanças ela ainda sofreria? A pedra agora parecia lhe contar uma história pessoal.

O Mestre, neste momento, instigou-a a ter outra experiência com a pedra:

— Reflita agora: o que essa pedra tem que você também tem? E o que ela tem que você não tem? O que ela lhe fala sobre você?

Lisa começou a refletir sobre estas últimas perguntas, e essas reflexões a levaram a ter percepções e ensinamentos profundos sobre si mesma e, especialmente, sobre a pergunta: *quem é você, Lisa*? Assim como percebera ao observar melhor a pedra, ela também possuía cores, formas, reentrâncias, suavidades ou asperezas, belezas e pequenas imperfeições que compunham uma Lisa única e singular, com pontos positivos e outros a aprimorar, já lapidada pelos anos vividos, porém, mostrando-se um ser em constante movimento construtivo. Quais as minhas arestas que preciso suavizar, quais as minhas colorações e belezas? – perguntou-se Lisa.

O Mestre deixou passar um tempo e fez o último pedido:

— Agora, segure sua pedra na direção dos raios de sol. O que mais você pode observar? O que está escondido nela que você não via? O que intui dessa nova visão, que vem pela exposição à luz?

Ao fazer isso, Lisa ficou em êxtase: a pedra, que já era de uma beleza incrível, guardava segredos internos que só puderam ser vistos na luz, a qual fez brilhar o seu interior mostrando elementos que não tinham sido vistos sem a exposição direta à claridade. A jade escondia um verdadeiro tesouro de pigmentos e matizes dentro de si e, mais que tudo, possuía seu próprio brilho interno. Essa constatação levou-a também a fazer para si outras perguntas e a refletir sobre elas: *o que descobri dentro dela que tem a ver com o meu interior? Qual é o meu brilho?*

Lisa estava maravilhada com o que acabara de experienciar; suas respostas neste momento a levaram a querer responder com maior profundidade à pergunta: *quem é você?* Por isso, de forma decidida, relatou suas respostas e reflexões para o Mestre, que a contemplava com extremo amor, e pediu que ele lhe falasse um pouco mais sobre a mensagem dessa experiência com a pedra. Ele então lhe disse:

— Essa experiência vem destacar, primeiramente, a necessidade desse mergulho mais profundo para responder à pergunta sobre a real identidade de tudo e todos, conforme você mesma fez. Ela lhe fala também sobre a diversidade e a beleza de cada um, com cores, formas, tamanhos, texturas e trajetórias peculiares que o tornam único e singular. É uma metáfora, principalmente, para lhe mostrar que o ser humano e todos os outros seres criados não são apenas o que se vê no seu exterior; possuem outra realidade dentro de si, que está além da forma e das aparências, que só é vista quando se procura iluminar seu interior na busca da essência. O caminho da evolução é um caminho de essência, Lisa, porque tudo que existe possui o aspecto visível e o que é invisível. O primeiro trabalho a ser realizado por quem deseja evoluir nessa jornada reside em reconhecer e expressar o invisível que está escondido dentro de cada um e que representa a verdade essencial. O início de tudo, então, é o autoconhecimento profundo e é sobre essa essência que a Primeira Verdade do Coração vai lhe falar. Está pronta para encontrá-la?

— Certamente! – respondeu Lisa entusiasmada.

— Está vendo a construção arredondada no final desta clareira, como um pequeno templo entre as árvores que ladeiam esse espaço? – ele perguntou, ao mesmo tempo que apontava para o templo.

— Sim – ela respondeu, espantada de só tê-la percebido agora. Porém, lembrou-se da magia desta jornada e abraçou o mistério.

— Ali se encontra a Primeira Verdade do Coração. Feche os olhos, por favor, e entregue-se ao silêncio e ao seu sentir. Sinta a energia refrescante desse lugar e ressoe com muita gratidão em seu coração pela experiência que você acabou de viver com as pedras. Nessa nova jornada, você não precisa temer absolutamente nada; apenas se entregue e a magia acontecerá naturalmente. Sinta, ressoe e aguarde confiante.

Assim ela fez, sentindo-se segura e relaxada. E para sua surpresa, quando convidada pelo Mestre a abrir os olhos, viu que se encontrava dentro do pequeno templo, numa iluminada sala circular de cor bem suave, que tinha em seu centro um pedestal reluzente e, em cima desse pedestal, um pergaminho.

— Lá está a Primeira Verdade do Coração; vá pegá-la – o Mestre comandou.

O coração de Lisa se acelerou; estava prestes a ler a primeira revelação, o primeiro ensinamento do coração para a evolução. Segurou firmemente o papel acetinado do pergaminho e decorou cada palavra daquela Verdade.

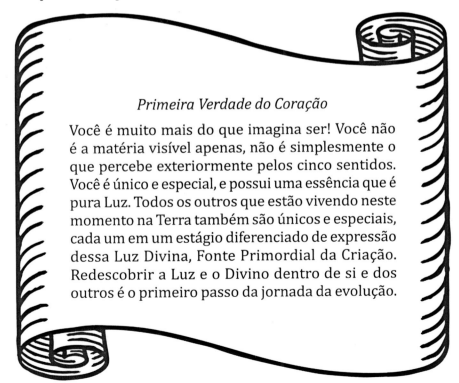

Primeira Verdade do Coração

Você é muito mais do que imagina ser! Você não é a matéria visível apenas, não é simplesmente o que percebe exteriormente pelos cinco sentidos. Você é único e especial, e possui uma essência que é pura Luz. Todos os outros que estão vivendo neste momento na Terra também são únicos e especiais, cada um em um estágio diferenciado de expressão dessa Luz Divina, Fonte Primordial da Criação. Redescobrir a Luz e o Divino dentro de si e dos outros é o primeiro passo da jornada da evolução.

Lisa sentiu uma forte emoção em seu peito, tocada pelas palavras da Primeira Verdade que acabara de ler. Era como se essa verdade já fosse sabida e tivesse ficado esquecida por muito tempo dentro de si. Estava se lembrando de algo que sempre soubera em seu íntimo.

— Você está se recordando, não é? – perguntou o Mestre, adivinhando os sentimentos de Lisa. – Você sempre soube em seu íntimo que essa é a pura verdade de ser, não é mesmo, por isso agora toda essa emoção.

— Sim, e minha sensação é de estar reencontrando minha identidade real, minha autenticidade.

— Pois é exatamente isto que está acontecendo com você e que os seres humanos precisam fazer urgentemente: atualizar a resposta à questão crucial do ser – *Quem sou eu?* – e expandir a noção de identidade e do papel de cada um nestes momentos atribulados da história humana. E a resposta verdadeira e definitiva que está esquecida dentro de cada um – sim, vocês sabem, apenas esqueceram – ultrapassa todas as ideias materialistas da percepção do Eu até então consideradas, e expõe para todos o verdadeiro sentido de ser e de existir. Você não é apenas o seu corpo, nem suas emoções, nem sua mente; a sua verdadeira identidade é pura energia de Luz existindo em uma forma material. Em sua essência, você é uma centelha da energia do Criador; você e todas as outras criaturas têm a semente Divina dentro de si, que pode estar mais ou menos encoberta pelos muros da visão materialista da existência e pelo delírio de poder externo. Lembre-se sempre disto, Lisa: mesmo as mais simples existências são manifestações da Luz do Criador.

O Mestre deu uma parada e convidou Lisa para se sentar em umas almofadas aconchegantes que se encontravam na lateral da sala. Acomodaram-se e ele prosseguiu:

— Reconhecer essa verdade sobre a identidade essencial de Luz de cada um, então, é o primeiro aprendizado para poder evoluir, porque esse entendimento muda o olhar para a vida, transforma a percepção de ser e, consequentemente, de agir. Na Luz há fluidez, agilidade, flexibilidade e sabedoria criadora infinita. Na Luz não existem julgamentos ou exclusões, nem separação, todos somos Um. Na Luz, o ser humano não é definido pelas conquistas materiais nem pelo poder que vem daquilo que adquire; na Luz ele é uma existência em

O PORTAL SAGRADO

potencial expansão e constante evolução. Essa percepção traz consigo a noção de unidade e irmandade; de interconexão entre tudo e todos: o que o outro sente é também seu sentir; o que o outro perde você também perde; a tristeza do outro é também sua tristeza; a felicidade do outro é também a sua felicidade; o que você faz ao outro também faz a si mesma. O que você precisa fazer, Lisa, é abrir-se para essa realidade essencial, compreender a grandiosidade que vem com esse reconhecimento e viver de acordo com esse novo saber. Isto é, ser você em sua radiância e divindade, o mais intensamente que puder, ao mesmo tempo que reconhece o outro em sua divindade essencial.

— Com esse novo entendimento mais sutil do ser – o Mestre continuou acompanhado pelo olhar maravilhado de Lisa – você se desidentifica dos aspectos mais densos da existência que falam de materialidade, poderes externos, posses, mundo visível e realidade dos cinco sentidos, entre outros, e se identifica com os aspectos mais sutis e amorosos da existência. Essas novas percepções superam todas as ideias de melhores ou piores, certos ou errados, bons ou maus. Todos são seres sagrados, indivíduos que chegaram a este momento após muito tempo de lapidação e experiências e, agora, precisam despertar para o mistério evolutivo da existência e para a presença de Deus dentro de cada um. Somente assim compreenderão que não são meros "fazedores e sobreviventes", mas seres em evolução para a expansão da própria Luz.

— Além disso, à medida que você se alinha com a sua essência divina – ele completou – sua capacidade de se amar, amar o próximo e amar a Mãe Terra se amplia. E, independentemente dos atos e das percepções dos outros, você reconhece que todos possuem a sua própria Luz, que pode estar mais ou menos brilhante e perceptível. Mas ela está lá. Todos fazem parte de uma grande Família de Luz, presentes neste momento especial do planeta por uma razão maior, que certamente não é sobreviver, correr, ganhar dinheiro e obter poder a qualquer custo.

— Então, Lisa – ele enfatizou – conforme o pergaminho revela, essa jornada precisa começar pela recordação da identidade essencial de cada um: a Luz. Somente se sintonizando com ela e com as informações criadoras divinas que nela são expressas vocês conseguirão reconhecer a própria missão, e encontrar soluções adequadas para os crescentes desafios pessoais e coletivos dos tempos atuais. Vocês já têm dentro de si todas as respostas e ferramentas de que precisam para criar uma nova realidade na Terra, e essa e outras Verdades lhe revelarão mais sobre tudo isso ao longo de sua jornada.

Lisa refletiu profundamente sobre estas últimas palavras do Mestre. Elas traziam muita sabedoria e davam ao ser humano grande responsabilidade no processo evolutivo da Terra. E não pôde deixar de se perguntar: *qual seria o seu papel neste momento*? Uma sensação de indescritível integridade pessoal tomou conta de Lisa, o que lhe trouxe imensa paz. Estava amando esse instante de aprendizado com o Mestre e pressentia com alegria que momentos como este se repetiriam muitas vezes pela jornada. Repetiu para si mesma o que acabara de aprender com a Primeira Verdade: *não sou simplesmente este corpo; nem tampouco minhas emoções e pensamentos. Não sou o que tenho nem o que desejo ter; sou uma extensão do Criador e de sua Luz, residindo em um corpo que reflete o nível dessa Luz. Eu sou o Divino se expressando em uma forma material; essa é a minha essência. E a compreensão disso muda tudo dentro de mim, como me vejo, como vejo os outros, como vejo o mundo, como percebo os fatos e os eventos da vida.*

Notou agora que lá fora o entardecer já cedia lugar para a noite, fazendo o local mergulhar no silêncio. O dia parecia ter pressa em acabar, mas ela não sentia a mesma pressa em sair dali. Ajeitou-se melhor para poder absorver plenamente cada palavra e cada gesto do Mestre, e interpelou com avidez por saber mais:

— E agora, o que fazemos? Vamos buscar a Segunda Verdade?

— Não, Lisa, um passo de cada vez. Você já venceu sua primeira etapa da jornada; já aprendeu sua primeira lição. Tenho certeza de que há muitas coisas para você digerir e assimilar, e há também as Práticas do Coração para fazer. Eu já havia mencionado que após cada Verdade você receberia práticas e exercícios, não é? Você precisa sentir e internalizar cada Verdade, não apenas conhecê-las, mas também apreender o que precisa ser entendido antes de prosseguir. Está vendo aquele caderno colorido e um pequeno gravador em cima da mesinha no fundo da sala, junto a frutas e alimentos? Eles serão seus companheiros nesta jornada; neles você encontrará sempre práticas para realizar e as gravações das meditações que deve fazer. Não vamos prosseguir mais hoje; sua jornada está apenas começando, não há pressa. A hora agora é de refletir e praticar, e já está também na hora de eu me despedir de você; esse é seu local para passar a noite e praticar. E lembre-se: estarei sempre por perto.

Dizendo isso, despediu-se e desejou-lhe um feliz descanso. Antes de sair, mostrou-lhe uma sala de banho que se abria detrás de uma porta ao fundo da sala e lhe disse que lá encontraria roupas e tudo de que precisava para tomar um banho e refrescar-se.

Inicialmente, Lisa sentiu-se um pouco assustada em saber que ficaria ali sozinha, mas se lembrou dos ensinamentos da Primeira Verdade sobre a Luz Divina interior, logo, concluiu que não tinha com o que se preocupar; ela sempre teria dentro de si a poderosa força da Luz e certamente de seu Mestre, que lhe prometera estar sempre por perto. Sentia-se também bastante animada em saber quais as práticas para esse dia, por isso, sem perder tempo, comeu alguma coisa, tomou um banho recuperador e pegou o caderno e o gravador para ler e realizar as práticas do dia.

PRÁTICAS DO CORAÇÃO – Primeira Verdade

MEDITAÇÃO DA LUZ

1. Procure um lugar onde você possa ficar bem à vontade, deitada ou sentada.

2. Faça uma inspiração profunda... E, ao expirar, vá relaxando todos os músculos e deixando para trás as tensões do seu corpo. Repita esse processo pelo menos três vezes. Relaxe bem... Cada vez mais. Se algum pensamento vier, deixe que ele venha e se vá, sem pensar sobre ele.

3. Desfaça-se de todas as preocupações, pensamentos estressantes e tudo que não lhe serve neste momento. Este momento é seu e da sua Luz.

4. Imagine agora uma grande e irradiante bola de Luz acima de sua cabeça. Essa Luz começa a envolver todo o seu corpo devagar, e você se percebe dentro dessa bola de Luz. Sinta essa Luz envolvendo-a plenamente. Fique assim por uns segundos.

5. Visualize essa Luz entrando também em você pelo alto de sua cabeça. Devagar ela vai cascateando pelo seu interior, preenchendo de Luz todos os espaços, cada órgão, cada célula do seu corpo.

6. Veja-se agora plena de Luz por dentro e por fora. Sinta-se a própria Luz e fique assim por alguns minutos, residindo na Luz, sendo a Luz.

7. Quando sentir vontade, faça algumas respirações mais profundas, trazendo de volta sua percepção do aqui e agora. Respire algumas vezes e, quando se sentir pronta, abra os olhos.

AFIRMAÇÕES DO CORAÇÃO

Repita as afirmações seguintes após realizar a Meditação da Luz, sentindo profundamente cada palavra. O importante é senti-las como verdadeiras:

- Sou uma centelha divina, radiante de Luz em minha essência.

- Eu agora reconheço minha real identidade que é pura Luz.

- Eu me comprometo a atuar como um canal de Luz para o mundo.

Lisa pegou o gravador e fez a Meditação da Luz, embalada pela voz profunda e pausada do Mestre, e depois repetiu os dizeres energizadores das Afirmações. Quando terminou, estava leve, segura e em paz, totalmente conectada com a sua Luz interior, vibrando numa dimensão diferenciada plena de amor. Começou a querer adivinhar como seria o segundo dia que revelaria a Segunda Verdade. Estava muito curiosa, pois o Mestre lhe dissera que ela falaria de algo muito importante sobre o momento atual do planeta, tema que sempre fizera parte primordial de suas pesquisas.

— O que seria? – perguntou-se, mas antes mesmo que pudesse pensar em alguma resposta para essa sua pergunta, adormeceu pesadamente nas aconchegantes almofadas.

CAPÍTULO 2

TEMPO LIMITE

Lisa acordou com os primeiros raios de sol e o canto insistente dos pássaros, que pareciam conversar animados entre si, celebrando e anunciando o novo dia. Lembrou-se de que sonhara a noite toda com seus ancestrais e antepassados que, envoltos pela Luz, agradeciam a ela por ter feito a escolha de seguir na jornada evolutiva do coração. Estavam felizes e repetiam o tempo todo: "Na Luz não há separação. Sempre estivemos e estaremos com você. Essa jornada também é nossa; sua evolução é a nossa evolução".

Agora ela entendia por que sentira antes uma sensação de que não fizera sozinha a escolha de atravessar o Portal – tinha certeza de que seus antepassados a haviam impelido a fazer isso. Essa constatação fazia com que ela se sentisse totalmente confiante na jornada e com uma sensação de integridade plena pelo reconhecimento de sua verdadeira identidade. Sentia-se também curiosa em conhecer a Segunda Verdade e, rapidamente, levantou-se, bastante animada com as perspectivas do dia que tinha pela frente.

Olhou à sua volta e percebeu que havia frutas, água, sucos, pão e mel em uma cesta sobre a mesa e algumas roupas limpas. Como foram colocadas ali, não conseguia saber; isso certamente fazia parte da magia da jornada. Banhou-se e, depois de se alimentar, realizou as Práticas do Coração novamente. Revigorada por elas e pela boa noite de sono, saiu e procurou respirar a beleza daquele espaço aberto tão belo e pleno de frescor e brilho, e que agora deixava passar os primeiros raios de sol da manhã por entre as árvores esguias. Era um cenário encantador, e os raios solares tocando o tapete de musgos molhados pelo orvalho tornavam tudo mais resplandecente e enigmático. A natureza acordava com ela: podia ouvir uma infinidade de sons e, principalmente, notava de maneira nítida o som das batidas de seu coração, que pareciam querer compor uma melodia com os outros sons à sua volta. Uma paz infinita pulsava suavemente por todo o seu corpo; podia também perceber uma vibração especial no ambiente, como se a energia do local transformasse tudo num campo de regeneração e harmonia. Mais do que tudo, sentia a presença do Divino reverberando naquele espaço úmido e fresco, tão único.

Quando levantou os olhos para apreciar o céu, viu os pássaros dourados e falantes voando alto. Aguçou os ouvidos e notou que agora eles repetiam com muita suavidade o mantra: *tudo certo, tudo perfeito, tudo tem coração.* Para sua surpresa, percebeu que essas palavras não soavam mais como estranhas ou inesperadas; eram, sim, totalmente significativas e ressoantes no coração de Lisa. E, então, num impulso, levou uma das mãos ao coração e as repetiu em voz alta, com alegria e força, respondendo aos pássaros: *sim, tudo está certo, está perfeito e tem coração.*

Nesse exato momento, percebeu o Mestre vindo em sua direção, com o acolhimento e a tranquilidade costumeiros, estampando em seu rosto um largo sorriso, talvez por descobri-la ali de pé, respondendo aos pássaros falantes.

— Bom dia, Lisa, como passou a noite?

— Passei muito bem, sentindo a presença de meus antepassados junto a mim e totalmente conectada com a Luz por meio das práticas que realizei. Com elas, a verdade de sermos Luz e de pertencer à Família de Luz tornou-se mais real dentro de mim.

— Isso é ótimo, Lisa, para que você possa dar continuidade à sua jornada. Está pronta para prosseguir até a Segunda Verdade?

— Claro que sim! – ela respondeu entusiasmada.

Iniciaram a caminhada, deixando para trás a clareira verdejante de musgos, e seguiram pelo caminho de terra batida que se iniciava junto ao pequeno templo da Primeira Verdade do Coração. Ele serpenteava entre os morros e era ladeado por árvores mais frondosas e abundantes que subiam pelas suas encostas, disputando com as flores, as samambaias gigantes e os pequenos arbustos o protagonismo da cena.

Acima, no céu azul e brilhante, Lisa podia ver vários outros pássaros que subiam e desciam no céu aberto, parecendo crianças soltas brincando em um espaço sem fim. O dia mostrava-se alegre e pleno de vida, e isso se refletia diretamente em Lisa, que seguia o Mestre com passos vigorosos e confiantes.

Prosseguiram por alguns minutos, totalmente interconectados, mesmo sem nada falar, e Lisa absorvia todos os odores, sons e aromas do amanhecer. A cada passo, sua curiosidade aumentava e ela se perguntava o que encontraria nesse lindo dia que começara tão bem. Não demorou muito para ter a sua resposta; após uma curva acentuada, a jornada lhe ofereceu mais uma surpresa: chegaram a um local totalmente contrastante ao que encontrara na clareira de musgos, cuja grandiosidade e beleza tocaram imediatamente o seu coração. Lisa agora se via diante de uma ampla planície, que se perdia de vista ondulando majestosamente entre altos montes cobertos de verde e árvores imponentes. O lindo cenário recebia pinceladas de cor, com tufos espontâneos de flores do campo e papoulas coloridas, as quais formavam delicados jardins naturais, competindo em beleza com os pequenos arbustos de acácias que, de vez em quando, espalhados aqui e ali, exibiam suas cores lilases e brancas. Era uma visão magnífica, que deleitava o olhar de Lisa pela vastidão, suavidade e concomitante força que expressavam.

Para ainda maior encanto, esse cenário esplendoroso era cortado de ponta a ponta por um rio largo de águas cristalinas, que cascateavam de mansinho nas pedras de seu leito, dirigindo-se decididas para os altos morros mais distantes. Suas margens baixas, repletas de pedras de tamanhos e formas variadas, geravam de vez em quando espaços de areia clara, fazendo um convite aberto ao caminhante para que se aproximasse do rio e experimentasse suas águas. Acompanhando sua margem, árvores altivas e frondosas ofereciam espaçadamente suas sombras, algumas delas debruçando seus galhos indolentes na direção das águas correntes, parecendo querer tocá-las. Lisa percebeu também um caminho rústico de terra que, bem junto às árvores, servia de passagem para quem desejasse atravessar a planície.

Mas o requinte da natureza nesse local não parava por aí: coroando essa visão, bem próxima de onde se encontravam agora ela e o Mestre, uma linda ponte de madeira atravessava o rio, com alamandas amarelas que se penduravam preguiçosas sobre seu beiral, criando uma verdadeira obra de arte aos olhos de Lisa. Perguntava-se onde já vira esse rio e essa ponte com as lindas alamandas. Por que lhe pareciam tão familiares?

No exato momento em que ela se fazia essas perguntas, o Mestre convidou-a a se sentar à sombra de uma árvore a alguns metros à frente de onde estavam, bem junto à linda ponte. Dirigiram-se para lá e recostaram-se no largo tronco, de onde conseguiam ver perfeitamente todo o campo, o rio, a ponte, os morros próximos ao rio e as montanhas mais altas ao longe. E, mais uma vez, Lisa se surpreendeu com a extrema beleza de tudo, que refletia enorme paz e perfeição, e aquecia sua alma. Ela sempre amara de modo especial os rios das montanhas e, de alguma forma, sentia-se sempre conectada a eles por uma força invisível. Esse barulho da água brincando entre as pedras, correndo sem parar em seu caminhar ininterrupto, era música para o seu ouvido; uma música que já ouvira tantas vezes em sua vida, e lhe era muito familiar e amada. Os rios e os lagos sempre foram seu refúgio.

Lisa refletiu sobre essa mudança de cenário, pensando sobre as mensagens sutis dessa jornada que, aqui, mostrava a transformação sempre presente na natureza. Ali sentada, percebeu que movimento e renovação eram as palavras-chave desse espaço com a planície e o rio: fluir, transformar, recriar, seguir em direção ao grande mar – expressões fundamentais para quem deseja realizar a jornada e alcançar a evolução.

Permaneceram sentados debaixo da árvore por um tempo perfeito para que ela pudesse absorver a energia e as constatações de tudo que vira e sentira até agora nesse espaço surpreendente, até que o Mestre a trouxe de volta, dizendo-lhe:

— Você está prestes a se encontrar com a Segunda Verdade do Coração. Antes disso, porém, vai viver uma experiência reveladora, assistindo ao desenrolar de uma história que lhe será mostrada aqui mesmo. Para isso, precisa fechar os olhos e confiar no processo dessa jornada, que acontece sempre de dentro para fora. Você não precisa fazer nada nem se preocupar; mais uma vez, como no espaço da clareira úmida, a magia acontecerá e vai levá-la a assistir a um filme na sua imaginação. Somente depois de assistir a esse filme você poderá receber o Segundo Pergaminho. Está pronta?

— Sim! – respondeu animada, já sem medo de se entregar aos desafios misteriosos dessa jornada.

— Então feche os olhos e relaxe.

Assim Lisa fez. E imediatamente um filme começou a se desenrolar em sua tela interna. Viu a Terra azul e límpida, como nunca a vira antes, brilhando soberana no espaço sem fim. Logo depois, o filme aproximou-se do planeta e mostrou toda a sua harmonia, sua opulência, sua vida plena de felicidade e paz, com uma beleza indescritível e uma serenidade imaculada. Outras imagens foram aparecendo nessa visão, mostrando a Terra abençoada e pura, com belezas variadas em cada canto.

Lisa acompanhou atenta o filme, que agora percorria rios, rochas, montanhas, animais, mares, peixes e tudo mais que fazia da Terra uma joia perfeita no Universo. Podia ouvir seus ruídos e sons especiais, verdadeiras conversas e canções da natureza, que nem sempre conseguira escutar em seu dia a dia tão atribulado. Pessoas apareciam agora nas cenas, convivendo harmoniosamente, com total respeito à natureza, alinhadas com os ritmos da Terra, compartilhando tudo em completa comunhão. Havia cooperação e paz por todo lado, e Lisa se deixou levar por essas imagens raras e abundantes. Estava tão enlevada que, em um dado momento, conseguiu até se sentir no filme, participando e vivenciando cada cena, totalmente conectada a todos os outros seres e à própria Terra – eram todos um só, uma respiração só, harmoniosa e coerente. Por algum tempo, deixou-se ficar nessa conexão, totalmente inserida nas cenas e no pulsar de seus personagens e obras de arte naturais. E, a todo instante, sentia profundo amor e deslumbramento pelo lindo planeta que os humanos receberam para viver e evoluir. Tudo estava perfeito e ela sentia imensa felicidade em poder assistir a esse filme e fazer parte dessa história.

Inesperadamente, porém, o filme começou a mudar, tirando Lisa de seu encantamento. Indivíduos em bandos invadiram as cenas em todos os lugares e começaram a macular o cenário, destruindo, guerreando entre si, sujando os espaços, roubando, saqueando e disputando poderes. Rapidamente o tempo passava e, à medida que o filme avançava, Lisa percebia que, ao mesmo tempo que os seres humanos evoluíam em suas descobertas e pesquisas científicas e conquistavam sucesso material, o planeta adoecia, o ar tornava-se mais denso, os campos perdiam sua abundância, as relações entre as pessoas se deterioravam, criando um cenário assustador e doloroso de se ver e vivenciar, com muita violência, destruição, conflitos e medo. A vida se extinguia, a Terra agonizava.

Lisa sentia na carne os golpes que eram infligidos a Terra. Doía demais! Como podiam? – se perguntava. – Como não percebiam que estavam acabando com uma obra-prima da Criação e que, ao matar e destruir a vida na Terra, destruíam igualmente a própria vida?

O planeta agora pedia socorro, envolvido por uma nuvem tóxica e escura, assustadora. As pessoas, em multidões tensas, corriam de um lado para outro, esbarrando-se, gritando, brigando, alienadas do futuro que estavam criando para o planeta. Atos, palavras e criações dos seres humanos se afastavam cada vez mais do Bem e a busca pelo poder a qualquer custo tomava conta de quase todos os indivíduos. Em outras cenas, eles apareciam totalmente indiferentes aos outros seres, conectados em seus aparelhos e fantásticas descobertas tecnológicas, afastando-se cada vez mais do contato, da amorosidade e do afeto. E ao viverem assim, o filme mostrava claramente a possibilidade de aniquilação total do planeta: rios secavam, mares eram poluídos, espécies se extinguiam pelo descuido ou pela matança, e a pobreza e a fome imperavam em diversos lugares.

Em meio a esse verdadeiro filme de horror, Lisa podia ver que alguns pequenos grupos de pessoas lutavam para reverter esse processo aniquilador da Terra, advertindo e tentando mudar o pensamento e as ações dos outros. Porém, seus esforços eram em vão e quase sempre eles eram ridicularizados, e considerados fantasiosos e alternativos. Ela queria ajudar a interromper esse processo destrutivo e começou a gritar para alertar os seres humanos do que estavam causando à Terra e a si mesmos, mas ninguém a ouvia; estavam indiferentes, orgulhosos de sua ciência e dos avanços materiais alcançados, apesar das consequências que podiam ser vistas por todo o planeta. A destruição continuava acelerada; a loucura e o caos se apoderavam da vida na Terra. – Onde estava a evolução verdadeira? Era isso? – ela se perguntava horrorizada.

Sem conseguir mais suportar ver e vivenciar essas cenas, Lisa abriu os olhos rapidamente. Percebeu que chorava copiosamente e ainda sentia no peito a dor profunda que experimentara ao assistir à parte final do filme. Por um tempo que não soube medir, ela ficou assim, em soluços, recostada na árvore, sentindo-se perdida e bastante assustada. Procurou então o conforto da sabedoria do Mestre, que ainda permanecia sentado a seu lado, e perguntou:

— O que foi isso, Mestre? O que esse filme quer me dizer?

Com uma expressão compassiva, o Mestre logo lhe respondeu:

— Esse filme revela a triste situação em que se encontra a Terra atualmente. Foi necessário para que você pudesse entender a Segunda Verdade do Coração que receberá em breve. Ele traz uma visão rápida do que aconteceu com o planeta nos últimos séculos, que foi aos poucos sendo maculado em sua pureza e equilíbrio. O homem se afastou muito da verdade da natureza e desligou-se da Fonte Primordial de Luz, obcecado pela visão materialista de conquistar e Ter a qualquer custo, em detrimento do Ser. Ao fazer isso, afastou-se da sua identidade real essencial, que você agora sabe qual é, conforme aprendeu na Primeira Verdade.

— Com a visão individualista que adotou – prosseguiu, diante do olhar atento de Lisa –, o ser humano esqueceu-se da interconexão entre tudo e todos e, especialmente, esqueceu-se da sua ligação energética com a Terra. Deixou de lado o amor, a cooperação, a ajuda, a compaixão, considerando-os elementos não necessários para sua trajetória de poder e status. Em sua jornada tecnológica, egoica e desenfreada, muitas vezes irresponsável, o homem acabou por macular muito a Terra e as próprias relações com os outros, preocupando-se principalmente com as conquistas individuais e o Bem pessoal. Olvidou a realidade que você aprendeu na Primeira Verdade de que o ser humano, em sua realidade energética essencial de Luz, é uno com a natureza e com todos, e, por isso, o desequilíbrio que causa à Mãe Terra e aos outros acaba causando a si mesmo. E enquanto fazia suas escolhas equivocadas, manchava também a energia e a vibração do ambiente, criando uma nuvem tóxica ao redor do globo terrestre que, num círculo vicioso, quanto mais aumentava, mais impedia que os seres humanos pudessem chegar à sua Luz interior. Com isso, as trevas se instalaram por todos os lados, dentro e fora da maioria dos indivíduos, levando a Terra e seus habitantes a uma situação que agora se tornou insustentável.

— Certamente – ele enfatizou – o progresso da ciência trouxe para o ser humano muitas vantagens e conquistas positivas. Porém, esse progresso, paradoxalmente, não significou a verdadeira evolução, como você mesma percebeu e se questionou vendo o filme, pois não conseguiu trazer a felicidade e a paz que deveriam acompanhar qualquer processo evolutivo. É claro que muitas pessoas, como você viu no filme, vêm tentando acordar os indivíduos para essa triste realidade, contudo, até agora, sem muito sucesso. Por isso, os humanos precisam urgentemente criar um ponto de ruptura nessa trajetória destrutiva e transitar para outro estágio, um novo pensar e agir que possam servir para a salvação da Terra e o retorno de seu equilíbrio e harmonia.

Lisa estava atenta a essas explicações. Sabia que tudo isso era importante para que ela pudesse receber a Segunda Verdade do Coração, mas, mesmo assim, achava-se ainda um pouco triste e abalada com tudo que vivenciara. Num desabafo, comentou:

— Muito triste – disse, preocupada com tudo que, agora mais que nunca, antecipava que poderia acontecer se não houvesse nenhuma mudança.

— Não fique triste nem desanimada – falou o Mestre com muita confiança e até mesmo uma perceptível alegria. – Existe esperança. Em seu Divino Amor, o Criador compadeceu-se dessa situação e está agora oferecendo aos humanos a possibilidade de reverter esse cenário, transcender a escuridão e deixar a Luz ressurgir com total força e poder, para o reequilíbrio da Terra e a perpetuação da vida. Acredite, a magia está em processo no Universo para que o planeta Terra evolua para um novo estágio diferenciado de viver. É a isso que se refere a Segunda Verdade.

O Mestre deu uma parada na sua explanação, levantou-se e fez um gesto convidando Lisa a levantar também.

— Vamos atravessar para o outro lado do rio; é lá que se encontra o pergaminho com a Segunda Verdade.

Deixaram a refrescante sombra da árvore e se dirigiram para a linda ponte de alamandas. Acompanhados pelo murmúrio das águas que deslizavam animadas por baixo da ponte, cruzaram o rio para se encontrar com a Segunda Verdade. Lisa não se sentia com o mesmo ânimo do rio, porém, ao mesmo tempo, percebia-se um pouco mais esperançosa após as últimas palavras do Mestre.

Do outro lado, seguiram pela margem até um ponto onde Lisa percebeu uma enorme pedra junto ao rio, grandiosa e reluzente ao sol, que chamava sua atenção pelo tamanho e poder que emanava. E, sobre ela, visualizou o pergaminho. Sem esperar que o Mestre falasse algo, correu até a pedra majestosa, pegou o pergaminho e o leu com avidez:

Segunda Verdade do Coração

Há algum tempo, um movimento espiritual evolutivo, de proporções nunca antes vividas na Terra, está em curso em nível galáctico, inadiável e ininterrupto, fazendo jorrar para o planeta e seus habitantes elevado teor de energia eletromagnética transformadora. Essa poderosa energia está causando uma aceleração frequencial no seu campo vibratório, impulsionando a Terra a dimensões mais elevadas de vibração e consciência e, consequentemente, de informações criadoras evolutivas. Esse momento é referido como A Transição, Fim do Mundo, Juízo Final, Era de Luz, entre outros. Os humanos têm agora a oportunidade de evoluir com a Terra, afinando-se com sua elevada vibração para dar o salto quântico de consciência no que tange a quem eles são, sua relação com os outros e com o mundo.

O Mestre já se aproximara e chamou-a para irem sentar-se mais adiante, num elegante gazebo de ferro branco que agora Lisa percebia próximo à margem do rio, junto às árvores da floresta que o acompanhavam. Caminharam até lá e Lisa se encantou mais ainda com a visão do gazebo lindamente trabalhado, que ela agora reparava possuir minúsculas e multicoloridas flores silvestres enfeitando o seu entorno. Essa profusão de cores das pequeninas flores contrastava vivamente com o branco impecável do gazebo que, cada vez mais, impressionava Lisa pela delicada beleza. Aquela visão, ela pensou, era a de um pequeno paraíso, um espaço de graça e elegância especialmente preparado pela jornada para que eles parassem um pouco e relaxassem. Para isso, havia duas cadeiras amplas e confortáveis sobre um tapete circular em seu centro, onde logo se sentaram. Havia também frutas, sucos, castanhas e tâmaras arrumados com abundância em delicadas cestas de vime.

Por alguns minutos, descansaram e se alimentaram sem nada dizer, enquanto contemplavam maravilhados o rio à sua frente e toda aquela natureza vibrante do local, absorvendo cada segundo do momento. O Mestre, então, começou a falar, apontando para a planície e o rio à frente deles.

— Linda vista daqui, não é? É sempre bom parar um pouco e absorver a energia da Criação por meio dos recantos inigualáveis que só a Terra possui. Isso alimentará cada vez mais seu amor pelo planeta e contribuirá para que você realmente deseje trabalhar para que o ser humano tome consciência de seus atos destrutivos. Como lhe disse antes, não se deixe desanimar nem alimente nenhuma tristeza em seu coração. Esses são tempos difíceis e complexos, dolorosos sim, nunca antes vividos nesse grau pela humanidade, porém são de uma beleza indescritível em sua verdade evolutiva. Você aprendeu que a mesma sombra que envolve a Terra neste instante envolve também a Luz da alma da maioria dos seres humanos, impedindo-lhe o brilho pleno, por isso tantas insanidades, tanta inconsequência, tanto desamor e destruição por parte de muitos. A humanidade chegou agora ao que chamamos de *tempo limite*, um divisor de águas entre a destruição do planeta e a reconstrução para uma nova cultura evolutiva. Por essa razão, nesses tempos, as escolhas precisam ser escolhas acertadas e pró-vida, alinhadas com a Fonte de Luz, para que a salvação aconteça e os alicerces de uma nova civilização possam ser construídos. Mas você também viu na Segunda Verdade que a evolução na Terra é algo inadiável; que acontecerá queiram os humanos ou não; aliás, ela já começou! Não tem volta! A Terra vai se tornar, sim, um local de Luz e de consciência dimensionalmente superior, e o ser humano deve urgentemente se expandir para alcançar essas vibrações dimensionais tão elevadas. É um grande salto, não é mesmo?

— Esse momento de aceleração frequencial que está ocorrendo na Terra – ele continuou com visível entusiasmo – traz consigo novos registros cósmicos evolutivos, isto é, informações sutis que compõem os fundamentos criadores do que é planejado para o planeta, propiciando à consciência humana dar o salto da terceira dimensão de consciência, mais densa e materialista, para a quarta e quinta dimensões, mais sutis e espirituais. Nos últimos séculos, as palavras de ordem da consciência humana, inseridas na terceira dimensão, em sua maioria tinham a ver com separação, materialidade, individualidade, racionalidade, poder externo, exclusão, controle, entre outras, e elas foram sempre as molas mestras das criações humanas dos últimos séculos. Esse nível de consciência gerou energias de medo, culpa, vitimização, domínio, embate, polarização, apego, falta de responsabilidade social, o que pode ser claramente observado na sociedade hoje. Já nas faixas frequenciais da quarta e quinta dimensões, as palavras de ordem passam a ser: interconexão, valores internos, desapego, percepção sutil, irmandade, espiritualidade, amor, noção de todo, entre outras, o que eleva a criação humana a um nível totalmente diferenciado e traz energias de transparência, desapego, compaixão, servir, cura e expansão. Por isso, mais uma vez, repito, não desanime, o processo evolutivo está em andamento e o seu amor pela Terra servirá para ajudá-la em suas escolhas, assim como de tantas outras pessoas que já estão vibrando como você. O despertar da consciência humana já começou!

Lisa viu crescer em si a esperança, sabendo que o processo evolutivo era uma vontade cósmica, um Plano da Inteligência Divina para o planeta. Queria saber mais, entender melhor esse momento e as dimensões.

— Você pode falar um pouco mais sobre as dimensões? – ela pediu.

— Claro que sim. O mundo energético onde estamos inseridos estrutura-se em padrões de vibração e frequência, chamados de dimensões, que são faixas de frequências que definem níveis diferenciados de informação criadora, gerando com isso padrões de consciência específicos para cada uma delas, os quais determinam as qualidades das manifestações e as criações na realidade material. Dimensões, portanto, referem-se a estados de consciência e percepção;

são campos vibracionais específicos, que podem ser acessados e sintonizados por qualquer pessoa que se dispuser a se elevar e expandir consciência. Quanto mais elevada a dimensão, mais elevado também será o nível e a amplitude de entendimento e criação do ser humano. Importante ressaltar que as dimensões não são separadas ou estruturadas linearmente; elas sobrepõem-se de forma hológrafica e coexistem no Universo como possibilidades de sintonização, e a frequência vibratória do ser humano é que vai definir em qual dimensão ele se sintonizará e experimentará a realidade. Tudo que existe no Universo está em um nível de densidade correspondente à determinada frequência vibratória; tudo é ressonante harmonização. É como sintonizar-se com um canal de televisão ou rádio; mudando o canal mudam as programações; mudando o nível dimensional, muda o nível de vibração e, consequentemente, o nível de percepção e de realidade experimentada.

— Pura mágica – declarou Lisa, encantada com o mecanismo universal da existência.

— Sim, Lisa, é mágico, mas, ao mesmo tempo, representa a própria vida real, pura e simples, de acordo com o Universo em que estamos inseridos. É certo, no entanto, que os padrões informativos criadores das dimensões superiores não poderão ser alcançados se os humanos não escolherem "o canal certo", elevando a própria frequência de vibração. Se não sintonizarem corretamente, haverá "ruídos" ou "má transmissão", exatamente o que está acontecendo agora em grande parte com a humanidade: muita confusão e caos. Por essa razão, o homem vem sendo alertado ultimamente por vários acontecimentos, tanto em nível pessoal quanto coletivo, por sincronicidades, dificuldades e até grandes descobertas científicas que rompem padrões estabelecidos, para que possa despertar e afinar seu instrumento interno com os acordes da nova realidade planetária. Repetindo: esse movimento evolutivo já começou e não tem volta! É uma grande oportunidade oferecida ao ser humano para que ele possa evoluir e, mesmo, viver na Terra. O Criador está colocando à disposição dos seres humanos os conhecimentos e também as energias necessárias para a elevação de consciência e a construção da Nova Cultura terrena. Por isso tantas pessoas estão fazendo essa mesma jornada que você, buscando realizar dentro de si a transição pessoal para se alinhar com o que está ocorrendo na vibração da Terra.

— Você em dado momento – prosseguiu – ao ver o filme, se questionou sobre a evolução. Muito se tem falado sobre isso na Terra ultimamente, não é? Porém, evolução não tem a ver simplesmente com progresso material e conquistas tecnológicas. Agora você já sabe que evoluir significa, na verdade, acelerar a frequência vibratória e, com isso, acessar níveis de consciência mais elevados que possam transformar a realidade com um nível superior de criatividade e realizações. Reforço que não haverá evolução se não ocorrer expansão de consciência para um patamar superior, e isso não se consegue apenas com a visão material e individualista. É preciso adicionar espírito e amor à humanidade, trazendo uma perspectiva coletiva e amorosa ao agir. Infelizmente, o nível de consciência da humanidade ainda é, em sua maioria, egoico, competitivo e individualista, alinhado com a terceira dimensão de pensamento, na qual o espírito recebe menos atenção. Daí decorre toda a destruição que você viu no filme.

— E como será essa Nova Cultura a que você se referiu? – ela quis saber mais.

O Mestre levantou-se, pegou uma varinha e desenhou algo no chão arenoso da margem do rio em frente ao gazebo.

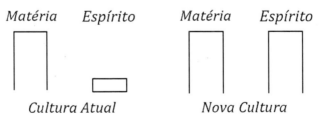

E foi logo explicando:

— O ponto essencial da Nova Cultura é o equilíbrio. Esses retângulos representam, respectivamente, Matéria e Espírito. No primeiro grupo, que representa o que acontece hoje em dia na Terra, a visão materialista da vida no primeiro retângulo é muito maior do que no segundo, o qual representa a visão espiritualista. Por isso, nota-se perfeitamente um desequilíbrio entre essas duas forças. No segundo grupo, os dois retângulos estão do mesmo tamanho e é isso que representa a Nova Cultura: ela une as duas perspectivas – a material e a espiritual. Sem espírito, a materialidade perde a beleza e o propósito maior; torna-se quase sempre autocentrada e, muitas vezes, chega a ser irresponsável em relação ao coletivo e à sustentabilidade. A perspectiva espiritual, que é um registro existente na quarta e na quinta dimensões, refere-se a uma percepção da vida que traz para os indivíduos um olhar expandido, o qual engloba uma biblioteca de informações e paradigmas que vão muito além de apenas sobreviver, obter poder e adquirir bens. Ela os remete à Luz essencial de cada um, que você tão bem assimilou na Primeira Verdade e, por isso mesmo, alinha o ser humano aos ensinamentos e às percepções da Fonte Primordial, que visa ao Bem Maior, à irmandade dos seres humanos e à evolução coletiva. A visão espiritualista da vida é como uma lente de aumento milhares de vezes potente que amplifica a percepção puramente material da vida e transforma radicalmente o pensar, o sentir e o agir do ser humano, levando-o a transitar da perspectiva do Ter para a do Ser; do individual para o coletivo; do controle para a entrega; do egocentrismo para o altruísmo; do superficial para o profundo; da competição para a cooperação, entre outros. Por isso, como você está aprendendo, é tão importante nesse momento evolutivo elevar a frequência das vibrações dos seres humanos para as dimensões mais elevadas e trazer para o viver a perspectiva espiritual unida à material.

— Com a visão exclusivamente material da vida – continuou, acompanhado do olhar encantado e ávido de saber de Lisa –, os seres humanos atuam com apenas 50% de seu poder e inteligência, o que trouxe a humanidade ao patamar de realizações e realidade que você vê hoje. No entanto, ao saltar da consciência de terceira para a quarta e quinta dimensões de pensamento, que encerram a visão expansiva espiritualista da existência, eles podem manifestar todo o seu poder com 100% de força. O momento agora, portanto, é de união das duas perspectivas, a material e a espiritual. Esse é o fundamento da Nova Cultura.

Lisa estava maravilhada com as palavras do Mestre, que prosseguia com seus ensinamentos:

— Felizmente, conforme você leu na Segunda Verdade, a Transição para a Nova Cultura já está acontecendo, e o mundo está sendo banhado por energias e informações que dirigirão essa Nova Cultura e o salto dimensional. Esse momento significa o parto de uma nova era, um fabuloso renascimento planetário. Embora difícil e aparentemente caótico, existe uma ordem estabelecida por trás de tudo, orquestrada pelo Criador e pelas forças evolutivas universais para sua concretização. É mais uma magia e mistério da Criação, e vocês não estão sozinhos nesse processo.

Sem conseguir desviar os olhos daquele ser tão especial e sábio, ela não resistiu e fez a pergunta que começava a martelar na sua cabeça:

— E essa passagem, esse salto de consciência humano, será fácil para todos?

— Esse não é um salto fácil, certamente – ele respondeu com seriedade –, porém é imprescindível para o momento. Toda nova construção exige limpeza de terreno, preparação, desconstrução, muito trabalho e criatividade, não é? O mesmo acontece com a evolução que se desenvolve neste instante: muita limpeza e cura se farão necessárias, muita purificação precisará acontecer para que corpos, mentes, emoções e espíritos dos seres humanos possam abraçar as novas energias e se alinhar com a Luz. Cada um precisará enfrentar as próprias sombras e curar-se por meio das novas frequências que funcionam como códigos criadores evolutivos. Vários acontecimentos difíceis poderão acontecer para alertar os humanos; muitas perdas precisarão ocorrer para que as novas verdades sejam encontradas. Essa transição entre as duas consciências é um estágio de bastante aprendizado para o ser humano; é o despertar de um longo período de consciência material que perdura há muitos séculos; por isso, decididamente, não é uma mudança fácil, Lisa.

— Importante ressaltar mais uma vez – acrescentou – que não foi por acaso que vocês vieram à Terra neste aqui e agora tão especial. Cada um de vocês tem uma missão específica para cumprir neste momento, a fim de ajudar no processo de cura do planeta. A boa notícia é que muitos já estão no nível de se sintonizar e encontrar a própria missão. Para os que se alinharem com essa missão de salvação da Terra, o processo de sintonização e cura será mais rápido e menos doloroso, e haverá consequente felicidade, sabedoria e paz. No entanto, é certo que aqueles que não se sintonizarem com as novas frequências terão muita dificuldade para aguentar a força de vibração das novas energias e, para estes, o caminho na Terra se tornará difícil e confuso ou mesmo impossível de ser continuado. Individual ou coletivamente, os seres humanos precisam de muita limpeza em seus corpos vibracionais para que a Luz da Nova Era possa brilhar com plenitude dentro de si.

— Uma boa notícia – o Mestre continuou com entusiasmo na voz – é que existem maneiras simples de fazer essa sintonização frequencial. Cada vez mais pessoas estão despertando para esse novo tempo e fazendo a própria transição pessoal o que, na perspectiva energética, é extremamente positivo, pois a vibração elevada de uma só pessoa expandida na Luz contagia muitas outras, servindo como um ímã para atrair novos participantes da Família da Luz. Essas pessoas despertas já estão formando uma massa crítica de indivíduos que atuarão como facilitadores da Nova Cultura, maestros terrenos da nova música galáctica, estimulando e ajudando outros a fazer o mesmo.

Lisa ficou por alguns segundos calada, absorvendo tudo que o Mestre tão amorosamente lhe ensinava. Era muita coisa para apreender, embora ela sentisse que sempre soubera disso inconscientemente. Mas sua curiosidade estava alta e ela perguntou:

— E por onde devo começar? Que maneiras simples são essas de sintonização?

— Tudo começa no seu coração, Lisa. Simplesmente no seu coração.

— E por que o coração? Ele não é uma bomba de sangue apenas?

— Posso lhe assegurar que não, Lisa; ele é muito mais do que uma simples bomba. Porém, isso você descobrirá na próxima Verdade. Esse dia já foi muito intenso e revelador. O momento agora é para refletir sobre o aprendizado da transição planetária e, especialmente, sobre sua própria transição pessoal e, depois, descansar.

Essa era uma boa orientação neste momento; Lisa não se sentia cansada fisicamente, mas percebia que necessitava, sim, de uma parada para refletir sobre tudo que ouvira, sentira e experimentara em seu íntimo. Precisava de fato decodificar o que aprendera até agora para poder avançar.

Levantaram-se, deixando para trás o belo gazebo que os acolhera e alimentara, e caminharam um pouco, subindo o rio, envoltos pela luz do pôr do sol, que oferecia matizes especiais entre o vermelho, o laranja e um toque inicial de escuridão. Os pássaros falantes reapareceram e, como sempre, seguiram-nos imediatamente, dando voltas ao redor dos dois, ao mesmo tempo que brincavam entre si como crianças levadas. A energia trazida pelo entardecer era de paz e quietude, convidava à reflexão e à interiorização, por isso seguiam em silêncio, lado a lado, margeando o rio cristalino que prosseguia seu caminho ininterrupto para as montanhas ao longe, agora dando suaves voltas em seu curso e possuindo maior abundância de árvores, como se anunciassem uma mudança de cenário.

Depois de caminharem por algum tempo, ele a conduziu até uma aconchegante cabana avarandada feita de toras de madeira, lindamente inserida entre árvores de tamanhos e copas variadas, irmanadas a belas quaresmeiras já em floração e a cedros imponentes que se destacavam entre todas pelas suas alturas elevadas. Juntos, formavam um bosque denso e grandioso, que encantou Lisa de imediato; era um cenário que parecia mais uma vez diretamente saído das histórias encantadas que ela devorara tão avidamente quando criança. Diante da cabana e junto ao rio, pequenas faixas de areia criavam espaços especiais com suas pedras roliças, de variados tamanhos e cores. O local era realmente único, com uma beleza simples e natural, e o bosque circundando a cabana junto ao rio criava um ambiente de aconchego e acolhimento íntimo. Lisa não pôde deixar de sentir que esse lugar tinha tudo a ver com os espaços da natureza que ela sempre privilegiara e amara visitar em sua vida adulta.

Ao entrar na cabana, percebeu que estava tudo preparado para um bom descanso, como fora no pequeno templo em que passara a noite anterior e, da mesma forma, exalava carinho e zelo para os viajantes. O Mestre lhe falou que ela passaria a noite ali e, depois de lhe enviar um olhar repleto de amor, despediu-se e se afastou devagar, sempre com seu caminhar tranquilo e cadenciado. Dissera-lhe também que ela ficaria ali o tempo necessário para assimilar alguns aprendizados que deveriam ser incorporados ao seu sentir antes de seguir para a Terceira Verdade. E que não se preocupasse, porque ele estaria por perto e saberia sempre que Lisa necessitasse de algo.

De dentro da cabana, era possível ouvir o barulho das águas e da vida que ainda insistia em vibrar nesses espaços maravilhosos envoltos pelo entardecer. Por uma última vez no dia, Lisa ouviu os pássaros dourados repetindo seu mantra, o que lhe dava agora uma enorme segurança e ânimo, pois ela já se acostumara com sua companhia e canto. E, pensou, estava, sim, tudo certo, tudo perfeito porque tudo tinha coração! E seu coração estava realmente em festa; conhecia agora os planos evolutivos para a Terra e sabia que havia uma saída para todos que quisessem se afinar com os acordes dos novos tempos. Sabia, principalmente, que essa jornada acabaria por lhe desvendar o mistério da sua própria missão, do seu papel nessa grande virada da história da humanidade.

Em cima da mesa percebeu o gravador e o caderno de capa colorida que traziam as suas Práticas do Coração. Havia ainda lápis de colorir e borracha. Apressou-se para pegar o caderno para ler quais seriam as suas práticas para esse dia:

PRÁTICAS DO CORAÇÃO – Segunda Verdade

LINHA DA VIDA – CONSPIRAÇÃO EVOLUTIVA PESSOAL

Este exercício vai ajudá-la a dar um mergulho profundo em si mesma e em sua trajetória até o momento. Você já compreendeu a verdade sobre sua essência de Luz e também sobre a transição planetária. Agora é hora de perceber a sua própria transição e a mão do Criador dirigindo seu progresso na direção adequada para seu aprendizado. Neste exercício, deixe de lado qualquer julgamento ou sentimentos negativos; apenas passeie pela sua memória.

Comece utilizando uma folha em branco no seu caderno. Desenhe uma linha para representar sua vida. Pode ser uma linha reta, com altos e baixos ou uma curva. Faça da forma que mais lhe agrada.

1. Marque um X próximo ao término da linha que você desenhou, representando o momento em que você está agora, escrevendo a palavra Portal.

2. Reveja o filme da sua vida até aqui, prestando atenção aos acontecimentos importantes que geraram rupturas e transformações; marque na sua linha os momentos e anos desses eventos. Marque também Mestres e quaisquer fatos que trouxeram grandes aprendizados, mesmo os mais difíceis; relembre e escreva as sincronicidades que a levaram a entrar no caminho do Portal e chegar até ele. Conte a história da sua vida por meio das marcações que faz. Pode usar cores e símbolos se desejar. Não tenha pressa; viva intensamente essa Linha de Vida.

3. Observe o que marcou e reflita sobre sua trajetória. Se sentir necessidade, marque mais alguns acontecimentos.

4. Feche os olhos agora, leve sua mão ao centro do peito e deixe por uns minutos que seu coração lhe fale e ensine sobre sua trajetória até o Portal. Peça-lhe para ajudá-la a ter uma visão mais sutil dos fatos marcados, para entender a Vontade Divina nessa experiência de vida que está sendo revelada pela sua linha. Sinta seu coração. Depois de algum tempo, abra os olhos e retome a linha: nota uma história especial em sua própria vida? Consegue compreender o papel da cada evento, mesmo das experiências mais difíceis? Percebe uma conspiração sutil para sua evolução pessoal? Entregue-se a essas reflexões, procurando sentir as mensagens que o coração está lhe enviando sobre sua existência. Observe os detalhes, reviravoltas e sincronicidades; tente encontrar-se com a sua própria transição pessoal.

* A chave desta parte é olhar para acontecimentos sem separação, com visão de Todo, como eventos que têm uma história para contar; e, principalmente, perceber as mensagens implícitas, aparecendo em sua vida precisamente quando necessário para lhe ensinar algo. Lembre-se de que o momento atual da humanidade é de Transição Planetária, e cada vida humana está sendo chamada e preparada para fazer a própria transição. O Criador fala aos seres humanos de várias formas; seu trabalho aqui é entender essa linguagem e suas mensagens.

5. Reflita o tempo que precisar. Não tenha pressa. Busque significados e novas percepções; conheça-se mais profundamente. E, quando se sentir pronta, escreva algo sobre essa experiência no caderno.

AFIRMAÇÕES DO CORAÇÃO

- O planeta está evoluindo e eu sou cocriadora desse momento de renascimento na Terra.

- Existo neste instante de salto evolutivo para cumprir uma missão especial e única, sempre conduzida pela Mão do Criador e pelo meu coração.

O Mestre insistira que ela fizesse as práticas e apenas se entregasse a todos os sentimentos e insights que lhe ocorressem, refletindo muito sobre tudo. Disciplinada, pegou o caderno e começou a desenhar sua Linha de Vida, marcando os eventos e os fatos importantes que ia lembrando, fazendo uma varredura completa de sua caminhada de vida até o Portal. Percebeu inicialmente que sempre fora uma pessoa em busca de uma Verdade Maior; sempre se preocupara em ajudar pessoas menos favorecidas e em aflição e, também era, até o dia atual, uma leitora incansável de textos e livros que falavam sobre os mistérios da existência e sobre espiritualidade. À medida que continuava a marcar e refletir sobre os acontecimentos, conseguiu perceber também nitidamente sincronicidades, rupturas, mentores, fatos e mesmo ensinamentos de livros e cursos que apareceram para mudar sua direção em determinados momentos e conduzi-la ao caminho do coração e, agora, ao Portal. Fechou então os olhos, colocou a mão no centro do peito, sentindo o coração, e entregou-se ao mistério de sua transição. Notou que, muitas vezes, alguns dos eventos e das experiências vividos pareceram para ela na época uma perda, um fracasso ou mesmo uma derrota; alguns outros foram doloridos e difíceis, porém agora, com essa visão do coração, percebia que, por causa desses acontecimentos, novas opções haviam surgido e grandes lições foram aprendidas que contribuíram para que ela pudesse fazer a escolha de mudar os rumos e alinhar-se inconscientemente com o Portal.

Abriu os olhos e, tendo uma visão ampla de todos os fatos cruciais do seu viver, confirmou, sim, que uma verdadeira *conspiração divina* havia acontecido nos seus últimos anos, destruindo, reconstruindo, renovando e transformando, empurrando-a para frente e desafiando-a, a fim de redirecionar sua vida e trazê-la até esta jornada. Estivera sendo treinada, de fato, para realizar algo diferenciado, algo que ela sabia, com toda certeza, que conheceria após terminar a jornada. Ao mesmo tempo, percebia que fizera sempre as escolhas certas para protagonizar essa trajetória conspirativa. Existia, sim, uma história única e especial sendo escrita e coordenada para ela, e era muito bom saber disso.

Depois de um tempo revendo o filme de sua vida até agora e refletindo bastante, escreveu no caderno:

> *A magia da vida é incompreensível para os humanos, porém ela existe certamente, mexendo os cordéis diante de nossas escolhas e livre-arbítrio. Sei agora com toda a certeza que minha vida tem um sentido maior e que estou pronta para fazer parte do Plano Divino para a Terra e para mim mesma.*

Essas constatações fizeram com que ela se sentisse extraordinariamente bem e segura para continuar a jornada. Foi com esse sentimento de paz e segurança que ela repetiu as afirmações, vivenciando e sentindo cada palavra como verdadeira e significativa, ancorando-as em seu coração.

Notou naquele instante que já escurecera totalmente e, então, preparou-se para dormir, guardando na memória cada minuto desse dia intenso. Diante do que vivera até agora, Lisa já conseguia antecipar todas as surpresas e os profundos ensinamentos que a jornada ainda iria lhe proporcionar. Porém, nada que ela pudesse imaginar estaria à altura do que iria experimentar na Terceira Verdade. Mal sabia ela que receberia uma revelação que transformaria plenamente sua concepção de vida, algo tão maravilhoso e fantástico que superaria toda e qualquer expectativa que pudesse ter.

CAPÍTULO 3

O Espaço Sagrado do Coração

Alguns dias haviam se passado desde o encontro com a Segunda Verdade e o Mestre, que a visitava diariamente, insistia em permanecer nesse mesmo lugar, sem avançar. Apesar das constantes pressões de Lisa para que continuassem e chegassem logo à Terceira Verdade do Coração, ele se mostrava irredutível e repetia sempre:

— Não há pressa, viva intensamente o aqui e agora; abra-se para os insights e mensagens sutis que possam aparecer.

Assim Lisa vinha fazendo e procurava entregar-se de maneira plena ao momento presente, sentindo e absorvendo cada instante vivido. A cada dia, percebia no corpo e no espírito uma transformação vagarosa, mas constante, que a deixava mais tranquila, mais receptiva e também mais aberta para os aprendizados. Olhando algumas vezes mais para sua Linha da Vida, refletira profundamente sobre a própria transição pessoal e se perguntava, sem ansiedade, qual seria seu papel nesse processo de regeneração terrestre. Mas, agora, com esses dias passados na cabana, sabia que os mistérios seriam revelados a seu tempo ao longo da jornada.

Encantava-se, também, cada vez mais intensamente, com a paisagem local, que refletia a arte da Criação para deleite dos indivíduos que tivessem olhos para percebê-la: o movimento balbuciante das águas do rio escorregando entre as pedras roliças; as árvores e os arbustos do denso bosque que circundava essa área; os morros próximos com sua aquarela de tons verdes e marrons; as lindas flores rasteiras que coloriam a paisagem com matizes diferenciados e raros; e a incrível harmonia de toda essa diversidade, que dava uma sensação de perfeição ao cenário. Lisa não se cansava de saborear diariamente a exuberância desse lugar como um alimento para sua alma; já não tinha nenhuma pressa; não nutria mais ansiedade para seguir e sentia o coração pleno de felicidade, reverberando com um nível de sentir que nunca experimentara antes. A cada dia, penetrava mais profundamente no mundo desse sentir, e não apenas no pensar; tudo ficava mais claro, mais expandido e significativo.

Depois desses dias vivenciando o contato com a natureza, a conexão com tudo à volta, a vivência plena do aqui e agora, e esperando que o Mestre a convidasse a prosseguir, Lisa compreendia perfeitamente que o tempo tem suas verdades. Esse mesmo tempo na cabana se fizera necessário para que ela pudesse desenvolver a paciência e aprender que o conhecimento essencial não pode ser apressado ou demandado. Ele surge na hora certa; vem quando estamos prontos e, mesmo que tenhamos entendido as verdades com a mente, precisamos compreendê-las antes de tudo com todo o ser, na paz, na entrega e, principalmente, com o coração. De uma forma especial, compreendia agora com maior clareza o significado da mensagem dos pássaros dourados, que continuavam sempre presentes, repetindo seu mantra do coração. Eles estavam certos: se havia coração, tudo ficava perfeito.

Ali sentada na varanda, Lisa refletiu um pouco mais e concluiu que, no alvorecer da Nova Cultura da Terra, a jornada de evolução que os homens precisavam fazer era uma viagem para dentro, e dependia muito mais do *sentir* do que de teorizar e correr para resultados imediatos. E ela agora já *sentia* tudo diferente e o tempo parecia ter parado. Compreendia que o mais importante, quando se quer perceber as verdades do coração e da evolução nessa jornada, é viver o instante presente plenamente, bem como abrir-se para as experiências e os aprendizados, vivenciando a qualidade do momento, intuindo e aprendendo; entregando-se ao Mestre dos Tempos e ao êxtase do viver, sem demandas, sem pressas, apenas existindo e sentindo, intuindo e aguardando. E uma frase tomou conta de seu pensamento: para prosseguir na jornada, era preciso reaprender a sentir. E ela aprendera finalmente.

Foi em meio a essas reflexões, após o quinto dia na cabana, que percebeu o Mestre que se aproximava, ostentando aquele sorriso que, certamente, sempre conseguia adivinhar seus sentimentos e pensamentos. Quando chegou próximo de Lisa, ele falou com um brilho no rosto:

— Vejo que você está pronta para prosseguir; agora já sabe que essa jornada não pode ter pressa, não tem soluções prontas e que a transformação não vem por intermédio da mente, mas do coração.

E com uma alegria e ânimo que podiam ser facilmente notados, ele a convidou:

— Venha, vamos caminhar ao longo do rio, ao encontro da Terceira Verdade do Coração. Existe um lugar muito especial que você precisa conhecer para poder compreender mais profundamente o poder do coração e do sentir.

Com grande ânimo também, ela prontamente se colocou ao lado do Mestre e começaram a caminhar. Seguiram lado a lado pela estrada de terra que acompanhava o curso do rio, com passos vagarosos e sensíveis ao toque do caminho, sentindo a sua irregularidade ocasional e vivenciando plenamente cada passada. Perceberam várias vezes as carinhas marotas ou mesmo assustadas de pequenos animais e cervos, espreitando entre os arbustos e as árvores. E, é claro, seguiram acompanhados pelos pássaros dourados, hoje mais ruidosos do que nunca, os quais em bandos felizes insistiam em voar alto, repetindo o mantra que Lisa de vez em quando repetia com eles.

Durante o trajeto, Lisa aproveitou para falar ao Mestre sobre os insights que tivera noite passada em relação à visível conspiração evolutiva que notara em sua vida. Relatou também a transformação do sentir que se desenvolvera dentro de si, elevando-a a uma dimensão superior de vivenciar toda a natureza e as práticas do coração. O Mestre, então, respondeu-lhe com muita ênfase, dizendo:

— Você e todos os outros seres humanos são parte integrante dessa evolução, não como personagens passivos, mas como protagonistas desse grande evento cósmico de salto evolutivo. Todos estão sendo chamados a participar, como você já sabe, e cada um recebeu talentos, dons e experiências específicas para poder cumprir um papel fundamental no desenrolar dessa história. Acontecimentos, experiências, Mestres, perdas, vitórias e desafios são especialmente colocados em suas vidas para lhes ensinar, treiná-los e prepará-los para uma missão específica, que sempre se revela no tempo certo. Assim também em sua vida: tudo lhe foi oferecido para que você pudesse elevar-se da mera sobrevivência material e fosse, aos poucos, ouvindo o chamado para participar desse renascer da humanidade. Essa jornada lhe dirá qual é a sua importante missão para contribuir neste momento tão único do planeta. Porém, antes, você precisa encontrar-se com o principal personagem desse grande drama cósmico, e é isso que vamos fazer agora.

Seguiram por mais alguns minutos ainda conversando sobre os dias de Lisa sozinha na cabana, e foram se aproximando mais dos morros e das elevações que agora se estendiam mais próximos do rio, apertando-o entre seus elevados declives, parecendo querer dar-lhe um caloroso abraço. Lisa notou que o rio tornara-se um pouco mais estreito e fundo, e suas quedas entre as pedras ficaram mais travessas e abundantes, deixando um rastro de espuma branca à medida que caíam entre elas. Agora a transparência da água dava lugar, de vez em quando, a um tom escurecido devido a um ou outro trecho um pouco mais profundo. Lisa sentiu-se mais uma vez impressionada com a variedade da natureza nesta jornada, que a cada instante lhe trazia surpresas e novas belezas para apreciar. Sentia-se grata por tudo isso; sua alma parecia brilhar mais com a apreciação desse espetáculo belo e mutante que, segundo o Mestre lhe falara no dia anterior, iria hoje levá-la a descobrir algo que a tocaria profundamente e mudaria sua perspectiva de vida.

Chegaram ao pé de um monte alto coberto de árvores bem próximas umas das outras e de um emaranhado de arbustos, salpicado aqui e ali por pedras medianas que sobressaíam de suas entranhas parecendo querer buscar a luz do sol e impor sua força. O Mestre parou e apontou para uma trilha estreita que se esgueirava entre algumas árvores, parecendo levar ao topo do morro.

— Vamos por ali – disse – e caminhou a passos largos na direção da trilha. – O que você vai encontrar após esse caminho é o maior tesouro que o ser humano pode descobrir no momento atual. Você vai viver uma experiência de profundo autoconhecimento e muita beleza, redescobrindo algo que a humanidade sabe em seu íntimo, mas que ficou abafado nos últimos séculos. É uma rara experiência, uma das maiores graças do Criador para o ser humano, que agora está sendo revelada para que o salto de consciência da humanidade possa definitivamente acontecer.

— E que tesouro é esse? – indagou Lisa plena de curiosidade.

— Ah, Lisa, isso você vai saber quando chegarmos ao nosso destino – ele respondeu sorrindo, sempre se divertindo com a elevada curiosidade de Lisa. – Agora precisamos nos preparar para começar a subida. Vamos?

Lisa o seguiu confiante, já bastante entusiasmada com o que poderia encontrar. Foram subindo devagar e seu pensamento girava o tempo todo com as perguntas: *o que iria encontrar nesse lugar? Qual a surpresa dessa subida inesperada? Qual o mistério dessa vez?*

Continuaram subindo pela trilha estreita, sentindo à volta a abundância da mata que se tornava agora um pouco mais densa e diversificada, criando um ambiente de robustez e vigor. A cada passo sentiam mais diretamente a vida que vibrava no ambiente ao redor, pleno de verde, cipós e plantas que Lisa desconhecia, mas que se mostravam belas e potentes. Depois de mais um breve tempo de subida, o caminho se alargou. Quando Lisa já começava a se sentir um pouco cansada, chegaram a uma área plana, de formato circular, toda cercada de árvores altas e frondosas onde os tons verdes imperavam, e grandes pedras escuras davam ao local a mesma sensação de força e vigor que Lisa sentira na subida.

Lisa logo descobriu que essa não seria uma parada de descanso; ali certamente era o local da Terceira Verdade, pois o Mestre não parou e, sempre seguido por ela, dirigiu-se para uma caverna num dos morros desse espaço grandioso. Em sua entrada havia um imenso salão de recepção que, de forma estranha aos olhos de Lisa, emanava uma energia diferenciada que ela não pôde definir. Seus olhos atentos divisaram uma pequena abertura na rocha, como uma porta no fundo do salão, que reluzia de modo impressionante e aguçava mais ainda a curiosidade que ela sentia sobre esse estranho lugar. Esquecendo o cansaço e sem esperar as orientações do Mestre, caminhou resoluta na direção da abertura e, corajosamente, começou a andar pelo túnel de pedra que se abria após aquela reluzente entrada.

Lisa seguia à frente, sempre guiada pela enigmática luz, e o Mestre a acompanhava sem falar, observando as reações dela. A passagem era estreita, por isso seguiam devagar e, quanto mais prosseguiam, mais a luz se intensificava, elevando imensamente a curiosidade e o encantamento de Lisa: *de onde vinha essa Luz?* – pensava, fascinada pelo seu brilho.

A partir de um determinado momento, a luz se intensificou mais ainda e assumiu uma coloração rosa bem suave. Além do brilho e da cor rosada, agora ela podia também sentir uma vibração muito forte, que fazia seu corpo fervilhar e não dava para ela nenhuma pista do que poderia ser. A única coisa que Lisa sabia nesse momento é que algo muito poderoso a envolvia, à medida que venciam mais etapas desse caminho.

Depois de algumas descidas e subidas leves, e após precisarem se abaixar para atravessar uma passagem mais baixa e estreita, o que se apresentou para Lisa estava muito além de tudo que poderia esperar encontrar dentro da gruta: o que via era de uma beleza tão incrível que não conseguiria encontrar palavras adequadas para descrever. A passagem apertada dera lugar a um espaço amplo cravejado de cristais cor-de-rosa, que Lisa imediatamente reconheceu como sendo quartzo, sua pedra preferida e que tanto usara em sua vida. Esse salão magnífico, imerso na forte luz cor-de-rosa, refletia de forma primorosa o brilho reunido dos cristais que cintilavam iluminados por filetes tímidos de luz saídos de pequenas aberturas no alto das paredes do salão. Tudo naquela sala reluzia! Era um total deslumbramento e ela não conseguia enunciar nenhuma palavra, nem se mover.

Recobrando-se da surpresa e da emoção, percebeu que a reunião de tantas pedras de quartzo de formas e tamanhos diferenciados fazia com que a coloração rosa-claro apresentasse também uns tons mais escuros nas suas reentrâncias, criando um jogo de matizes rosados que fascinariam qualquer espectador. O próprio chão era feito também de blocos gigantes de quartzo que pareciam ter sido lapidados para permitir que os viajantes caminhassem por ele.

Lisa nunca vira algo tão belo e energizante; nunca sentira uma sensação tão incrível de poder e encantamento ao mesmo tempo. Essa visão superava tudo que já vira anteriormente em sua trajetória de vida. Porém, de maneira inexplicável, sua sensação era de estar em casa, acolhida, plenamente amada e abraçada. A energia que impregnava essa sala era incrivelmente regeneradora e amorosa.

Ainda sob o efeito dessa beleza estonteante e desse sentimento de profundo acolhimento, deu alguns passos na direção do centro do salão e começou a girar o corpo para ter uma visão completa daquele verdadeiro útero cristalino. Percebeu, então, um lugar especial junto a um canto, onde o cristal mostrava-se bem mais liso, e não resistiu à vontade de se recostar ali para absorver melhor a fantástica experiência que a jornada lhe oferecia agora. Afastou-se do Mestre, sentou-se e fechou os olhos, entregando-se à vibração e ao poder desse local mágico. O quartzo rosa, Lisa sabia, é considerado a pedra do amor e da paz; traz cura e purificação. E, sim, neste momento, ela sentia uma enorme paz; sentia também o coração pulsar com um sentimento indescritível de amor, com uma profundidade nunca experimentada por ela. Queria ficar ali para sempre, era o que sentia.

Após algum tempo de muitas sensações especiais de profunda conexão e puro amor, ali sentada, de olhos fechados, Lisa percebeu que, de repente, independentemente de sua vontade, lembranças de momentos de mágoas, culpas, ressentimentos, tristezas, raivas, ansiedades, angústias, entre outros já vividos por ela, insistiam em aparecer e ser novamente relembrados e trazidos para seu coração, turvando seu encantamento e sua paz anterior. Sentia de novo cada um deles com total intensidade, como se estivessem acontecendo naquele exato instante. Principalmente, revivia agora muitos momentos de intenso medo, que a haviam paralisado em várias situações, perturbando sua mente e decisões.

Sem poder evitar e entregando-se com confiança ao processo mágico dessa jornada, começou a se permitir reviver esses sentimentos, ainda com alguma dor e dificuldade, porém, de modo surpreendente, percebia que o fazia como se os reconhecesse, mas não lhes desse força ou os julgasse. De uma forma que nunca fizera antes, Lisa não os rejeitava nem negava; ela os honrava, aceitando a própria sombra pessoal de vibrações inferiores que tanto a haviam perturbado em momentos variados de sua vida. Não entendia como, mas, sentindo-se realmente expandida em sua percepção, compreendia agora que estes dois aspectos – Sombra e Luz – fazem parte do ser e, incrivelmente, ela amava e valorizava os dois como parte integrante de sua individualidade.

Esse processo de profundo reconhecimento e aceitação de sua Sombra ainda continuou por mais alguns momentos. Depois de algum tempo, porém, Lisa percebeu que essa experiência de reviver as próprias energias inferiores já vividas foi diminuindo de intensidade e ela começou a sentir uma calorosa vibração tomando conta de seu ser, transformando totalmente a experiência. Sem saber o que estava acontecendo, abriu os olhos e, para sua surpresa, viu intensos raios de luz rosa sendo lançados diretamente dos cristais em sua direção, envolvendo-a plenamente, trazendo-lhe uma sensação de puro e imensurável amor. Essa energia, que se espalhava também mais forte pelo salão todo, penetrava pelo interior de seu corpo, em todas as suas células, indo alojar-se com maior brilho e intensidade no centro do seu peito, em seu coração.

Algo misterioso começava a acontecer. Fechou mais uma vez os olhos para melhor vivenciar este momento e visualizou nitidamente aqueles sentimentos revividos ali – mágoas, ressentimentos, medos, instantes de lamúrias, invejas, ansiedades, apegos e tantos outros – sendo dissolvidos pela Luz rosa e absorvidos pela Mãe Terra, abandonando seu coração, num processo mágico que Lisa sentia como de cura e limpeza. Era uma vivência tão fantástica e de uma dimensão tão elevada, que seu corpo parecia sofrer uma verdadeira alquimia pelo amor. Sim, Lisa intuía que vibrava agora totalmente no amor incondicional, e que essa experiência lhe mostrava que esse sentimento poderoso esteve sempre ali, em seu coração, e sempre curava, purificava e abria caminho para outra dimensão de experiência e ação no mundo.

Neste instante em que percebia a divindade e o poder de cura desse local, Lisa começou a ouvir leves batidas ressoando dentro da caverna, ao mesmo tempo que sentia também as batidas do próprio coração ressoando dentro de si num ritmo relaxante e compassado com as batidas da caverna. Aguçou os ouvidos e o sentir e, então, num momento intuitivo, compreendeu que essa caverna era a caverna do coração; um espaço sagrado de cura, transmutação e poder. As batidas leves que ouvia eram as desse coração sagrado e, depois da cura que vivenciara, seu próprio coração entrara em alinhamento com o ritmo poderoso do Coração Universal. Nessa hora tão única e transcendente, Lisa começou a sentir a percepção se expandir a um nível muito superior e sua intuição aflorar de forma incalculável, e insights passaram a jorrar para sua mente, trazendo-lhe um entendimento profundo sobre a vida, a cura e sua própria existência. E nesse útero cardíaco, em sintonia com seu próprio coração e o Coração Universal, Lisa sabia que renascera para outro nível de consciência e percepção.

Do fundo de seu encantamento, ouviu ao longe a voz do Mestre que a chamava com suavidade, procurando trazê-la de volta dessa experiência tão excepcional por que passara. Relutante – não queria sair daquele espaço sagrado interior que acabara de descobrir –, Lisa abriu os olhos devagar. Inicialmente teve dificuldade de olhar para o Mestre por causa do brilho dos cristais. Aos poucos, conseguiu ver a mão que ele lhe estendia, ao mesmo tempo que a convidava a pegar a Terceira Verdade, apontando para um enorme bloco de quartzo rosa surgido misteriosamente uns poucos metros à sua frente. Lá ela divisou o pergaminho com a Terceira Verdade e então se levantou, segurou-o com extremo cuidado e leu suas sábias palavras:

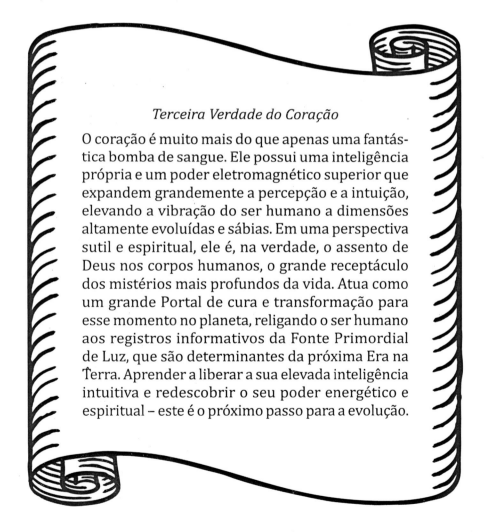

Terceira Verdade do Coração

O coração é muito mais do que apenas uma fantástica bomba de sangue. Ele possui uma inteligência própria e um poder eletromagnético superior que expandem grandemente a percepção e a intuição, elevando a vibração do ser humano a dimensões altamente evoluídas e sábias. Em uma perspectiva sutil e espiritual, ele é, na verdade, o assento de Deus nos corpos humanos, o grande receptáculo dos mistérios mais profundos da vida. Atua como um grande Portal de cura e transformação para esse momento no planeta, religando o ser humano aos registros informativos da Fonte Primordial de Luz, que são determinantes da próxima Era na Terra. Aprender a liberar a sua elevada inteligência intuitiva e redescobrir o seu poder energético e espiritual – este é o próximo passo para a evolução.

Lisa não conseguia se mover diante do que acabara de ler. *O coração é um Portal evolutivo!* – pensou. Não é apenas o coração físico que sempre conhecemos como uma fantástica bomba; ele também possui outras dimensões e poderes, e tem uma inteligência intuitiva que facilita o acesso a informações da Fonte Primordial de Luz! Agora entendia por que Grandes Mestres da história humana haviam sempre se referido ao coração como o grande segredo a ser desvendado e cultivado.

Pensando no que vivera há pouco, sabia que vivenciara a dimensão espiritual de cura e novos insights que o coração podia proporcionar por meio das suas energias amorosas. Uma experiência que, sim, conforme profetizara o Mestre antes de deixá-la no dia anterior, iria mudar sua vida para sempre. Embora ainda não entendesse plenamente tudo o que isso significava, Lisa já conseguia intuir que essa Verdade era de fato um presente divino para a humanidade e um dos maiores mistérios da Criação, que agora estava sendo revelado aos seres humanos para propiciar a evolução.

O Mestre, percebendo seu momento, pegou-lhe a mão com suavidade e levou-a de volta ao lugar em que ela se sentara antes e tivera a maravilhosa experiência da transmutação da Sombra pelo Amor. Acomodaram-se próximos, e ele começou a lhe falar com voz amorosa e pausada:

— A Primeira Verdade revelou para você a sua essência mais sutil, permitindo-lhe expandir a percepção sobre sua real identidade como membro da Família de Luz. A Segunda descreveu o momento atual da humanidade, apresentando-lhe a grandiosa e nunca antes vivida transição planetária em andamento, enfatizando a necessidade urgente de um salto dimensional de consciência para que cada ser humano possa realizar também a própria transição pessoal e evoluir. Essa Terceira Verdade apresenta o coração em suas outras características energéticas e espirituais, ainda não plenamente conhecidas pelo ser humano; coloca-o como o poderoso e imprescindível portal que, neste tempo evolutivo tão especial, abre caminho para a construção da nova consciência de quarta e, posteriormente, de quinta dimensão de pensamento e ação. Você se lembra do que lhe falei quando você me perguntou por onde devia começar para dar o salto?

— Lembro sim. Você falou que eu devia começar pelo coração.

O PORTAL SAGRADO

— Pois é isto mesmo: para você compreender melhor essa Verdade e realmente poder evoluir, precisa redescobrir o poder e o verdadeiro papel do coração neste momento de ruptura evolutiva. Como você leu nessa Verdade, o coração não é apenas a bomba de sangue fantástica que os indivíduos conhecem; esse é o coração físico. Existem ainda dois outros níveis ou aspectos do coração: o energético, que a ciência vem reconhecendo há algumas décadas, apresentando as novas descobertas sobre o poder eletromagnético superior e a capacidade informativa sem igual que ele possui; e o aspecto espiritual, raramente citado e pouco conhecido pela maioria das pessoas, porém reconhecido pelos grandes Mestres da história, que acolhe uma centelha da Consciência Divina com seus registros informativos de alto nível criador. Essa dimensão espiritual do coração nós denominamos o *Espaço Sagrado do Coração*. Não é um lugar físico, mas um campo vibratório superior, um estado de ser e sentir alcançado quando você vibra num nível elevado de frequências amorosas, o que permite que a inteligência do coração se manifeste com plenitude e libere os ensinamentos da Fonte Primordial ou Consciência Divina. O coração, em suas vibrações superiores, é o grande decodificador da sabedoria da Nova Era e da biblioteca de informações e códigos expansivos disponíveis no momento. Sem o coração, a essência dessa sabedoria cósmica nunca será plenamente conhecida.

O Mestre deu uma parada, como se quisesse organizar os pensamentos ou mesmo digerir as próprias palavras, e continuou:

— Durante séculos, essa caverna de poder, esse Espaço Sagrado sutil e transformador do coração espiritual, ficou acessível a apenas alguns iluminados e sábios, devido à baixa vibração da maioria dos humanos nos últimos séculos. No momento atual, a experiência desse Espaço Sagrado encontra-se liberada para todos os seres humanos; ela é indispensável para o salto evolutivo. Como você aprendeu antes, a frequência da Terra está sendo ajustada e acelerada para elevar a sua vibração, e o mesmo está acontecendo com o ser humano. Por isso tantas transformações, sensações diferenciadas, destruições internas e externas que vocês estão experimentando. Tudo isso é o processo de alinhamento frequencial ou sintonização se desenrolando neste aqui e agora do planeta. Nesse contexto, reitero, o coração espiritual atua como o grande facilitador terreno desse realinhamento com a Suprema Consciência; ele é a ponte entre o humano e o Divino; entre

69

a materialidade e a espiritualidade; entre a estagnação e a evolução; entre a terceira e a quarta e quinta dimensões. O coração, com seus sentimentos superiores de vibração elevada, é o decisivo canal para a Nova Cultura de ação e relação na Terra.

— O coração espiritual desperto em cada indivíduo, por meio de seu Espaço Sagrado – ele prosseguiu com um brilho especial nos olhos –, causará o refinamento da percepção e da inteligência do ser humano, e disso, somente disso, resultarão a união, a felicidade e a evolução coletiva. Lembra-se do que desenhei na areia em frente ao gazebo? É preciso realinhar o cérebro com o coração; a matéria com o espirito. Esse é o grande papel do coração neste momento evolutivo. Por essa razão, a Terceira Verdade diz que redescobrir o papel energético e espiritual do coração e estimular sua inteligência intuitiva superior são os grandes desafios atuais da humanidade. Esse processo abrirá caminho para uma transformação ímpar na história da humanidade, pois estabelecerá na Terra os novos paradigmas amorosos, tornando possível o grande salto evolutivo previsto para o planeta. Então, Lisa, o ser humano não pode mais perder tempo nesse duradouro amortecimento da consciência que imperou nos últimos séculos, o qual deu sempre maior força aos pensamentos materialistas e às racionalizações, aos medos e às culpas, do que aos sentimentos puros e perspectivas espiritualistas de existir. A hora do grande salto chegou!

Lisa estava maravilhada e, em alguns aspectos, surpresa. Quanta sabedoria, quanta esperança vinha dessas palavras, pois mostravam que havia saída para o ser humano. Porém, percebia a dificuldade: o ser humano precisaria reaprender a *sentir*, a ouvir seu coração e a buscar a sabedoria espiritual que vinha junto da abertura dessa fenda evolutiva. Isso, para muitos, cegos pelo poder e pela ambição, era algo impensável. E o Mestre havia falado também que havia códigos de acesso ao Espaço Sagrado do Coração, isto é, chaves para sintonizá-lo e experimentar o seu poder. *Quais seriam esses códigos?* – ela se interrogava.

Foi interrompida em suas reflexões pela voz do Mestre, que prosseguia como se adivinhasse suas dúvidas:

— Felizmente, nas últimas décadas, a sociedade já evoluiu para uma visão mais energética e essencial da existência por intermédio das revelações da Física Quântica e, mais recentemente, por estudos e pesquisas científicas que demonstram as transformações sutis que estão acontecendo na Terra e, mesmo, na galáxia. Ao mesmo tempo, muitos indivíduos também já passaram de uma visão apenas filosófica, mecânica ou sentimental do coração para a redescoberta da sua competência energética superior, de sua inteligência dinâmica, sintetizadora e altamente intuitiva. Cada vez mais pessoas entendem que, sem o coração, a mente perde a força evolutiva e cai na mesmice do Ter. Com o coração, ao contrário, o nível de realização, de felicidade, de criação e de evolução do homem se eleva; seu espírito brilha mais e ganha uma sabedoria sem igual. Essas mesmas pessoas já começaram a agir para criar uma nova consciência em si e em todos à sua volta. São os acendedores de corações que estão espalhados por aí.

— Mais uma vez, Lisa – o Mestre continuou a falar –, é importante ressaltar que a sabedoria intuitiva e o poder do coração espiritual estão disponíveis para todos os seres humanos pelo campo vibratório do Espaço Sagrado do Coração. Porém, enfatizo que é preciso primeiramente fazer a escolha de sintonizar, de mudar de consciência, de amar incondicionalmente a tudo e a todos, e de se alinhar com os novos princípios e padrões da Era da Luz. Curar o sentir é o princípio dessa escolha; saber com o coração e, não, simplesmente com a cabeça. A cultura da cabeça e do medo fez o homem criar muralhas invisíveis em torno da cultura do coração. Agora é hora de quebrar esses muros, não se pode mais adiar, porque somente com as informações de Luz a humanidade poderá complementar o que falta para o estabelecimento da cultura da Nova Era. No entanto, como você intuiu, isso não será fácil devido a tantos séculos de privilégio do cérebro em detrimento do coração. Você está certa: concentrar a atenção no sentir não é simples para a maioria dos seres humanos no estágio atual de percepção em que a maioria ainda vive. Mas posso lhe dizer que o salto evolutivo, decididamente, apesar de difícil para muitos, é plenamente possível e de certa forma simples para todos os que de fato desejarem fazer parte da regeneração do planeta. E tudo começa no coração e em seus sentimentos de frequências superiores – esses, Lisa, são os verdadeiros códigos de acesso ao Espaço Sagrado do Coração.

Aí estava a resposta à sua indagação sobre quais seriam esses códigos: tudo começava no nível do sentir em cada ser humano. Lisa refletiu um tempo sobre toda a explicação anterior do Mestre e perguntou, então, de uma só vez, querendo completar suas reflexões e aprendizados:

— E quais são especificamente os sentimentos – códigos – que precisamos acionar?

— A beleza desse específico ponto de ruptura planetária e dessa nova cultura – ele respondeu de forma tranquila – está no fato de que a dimensão vibratória da Nova Cultura possui como energia central essencial o Amor. O Amor é a derradeira e definitiva resposta para esses momentos atribulados e difíceis, porque ele é o código de acesso primordial e mais poderoso para a sintonização frequencial. Os homens precisam urgentemente aprender a viajar para um lugar que não é um local físico na Terra, nem mesmo em outro planeta; é uma viagem para um local dentro de si próprio, um lugar pleno de amor, que é o Espaço Sagrado do Coração. Vou repetir para que você grave bem: o Amor é a senha primordial da evolução e dele se originam os outros códigos ou senhas que, como lhe disse, são os sentimentos superiores que vocês podem escolher sentir.

— O Amor é a origem e o fim de tudo – ele continuou com um brilho especial nos olhos –, é uma energia poderosa, carregada de informações de sabedoria e verdade evolutiva. Não estou me referindo ao amor entre duas pessoas, ou entre aqueles que lhes são caros, ou o amor dependente e possessivo que se expressa de forma variada no dia a dia. Estou falando de um nível muito superior de amar, de uma frequência evolutiva elevadíssima; o nível de amor mais profundo e transformador que um ser humano pode sentir e, por ser incondicional, não impõe·condições nem exigências. Um amor vasto, ilimitado, atemporal, que elimina medos, julgamentos, egoísmos e noções de separação, e leva à aceitação total, à excelência de ser e se relacionar; um sentimento da plenitude e do êxtase existencial, suave e grandioso ao mesmo tempo. Amar incondicionalmente é alinhar-se totalmente com o Divino. Esse amor incondicional e seus sentimentos originários superiores são os grandes curadores, os verdadeiros médicos espirituais da existência humana neste momento específico tão espiritualmente doente e sofrido que vocês vivem hoje. Cada indivíduo possui essa capacidade infinita de amor dentro de si, que serve como sintonizador principal do Espaço Sagrado do Coração e pode a todo instante ser derramado para o mundo; basta apenas querer. O momento atual está precisando desesperadamente desse amor. O Amor é o salto, Lisa!

— O Amor é o salto! – Lisa repetiu em voz baixa. Que ensinamento fantástico, pensou, profundo, misterioso e, ao mesmo tempo, tão simples.

Profundamente emocionada com tudo que ouvia, Lisa ajeitou-se um pouco mais para melhor ouvir o Mestre, não sem antes perceber que, realmente, os grandes Mestres da humanidade já sabiam do poder do amor. Ela já havia lido muitos livros sobre o valor do amor, da gratidão e do servir ao próximo. Lembrava-se de já ter lido também que os sentimentos elevados são poderosos agentes criadores e transformadores; uma insuperável oração que fazemos ao Criador. E naquele espaço rosado da caverna, Lisa vivia agora a verdadeira felicidade, um sentimento tão pleno que parecia não caber no peito. Querendo saber mais, ela perguntou, insistente:

— E quais são especificamente os sentimentos que geram frequências superiores de sintonização e nos ajudam a dar o salto?

— Vamos falar deles muito em breve – ele respondeu. – Você já viveu e aprendeu muitas coisas novas, intensas e importantes aqui. Está na hora de deixar a caverna e prosseguir.

Ao ouvir essas palavras, Lisa sentiu uma ponta de tristeza, porque ia deixar esse lugar tão especial. Tinha ainda tantas perguntas a fazer!

Como sempre, o Mestre adivinhou seus sentimentos e inquietações, e logo lhe falou:

— Não se preocupe, Lisa, esse lugar é seu e de todos os seres humanos. Vocês já o têm dentro de si e podem visitá-lo sempre que quiserem, acionando os códigos de acesso. Lembre-se, o Espaço Sagrado do Coração não é um local físico no corpo humano; ele é uma dimensão do sentir; um padrão específico de vibração.

Mais confortada com essas palavras tão decisivas, ela seguiu o Mestre para deixar o salão de quartzo, não sem antes dar uma última olhada nesse espaço de beleza deslumbrante. Iniciaram o caminho de volta, retomando a passagem que levava à grande sala principal. Lisa não imaginava que ainda teria grandes surpresas e revelações nesse dia, após a fantástica experiência vivida há pouco. Porém, ao se aproximarem da saída da caverna, ela parou impressionada e atônita, e percebeu que a magia estava de volta com força ainda maior. O que viu foi surpreendente e intrigante ao mesmo tempo; de certo modo, até assustador, porque totalmente inesperado e inexplicável.

A clareira aberta de onde tinham vindo não parecia mais a mesma de antes. Algo extraordinário acontecera ali: tudo estava renovado, compondo uma nova pintura com abundância de formas e cores vibrantes. Lisa, ainda extasiada com o cenário transformado que via agora, não sabia explicar o que acontecera. Havia flores por todos os lados, de tamanhos e espécies diferenciados, criando um dos mais belos jardins que já vira, completando com matizes especiais a clareira que antes, ao chegar, embora com uma beleza própria, era mais monocromática e mostrava menos brilho. As mesmas árvores estavam agora repletas de flores e frutas e, embaixo de suas sombras, pequenos tufos de antúrios avermelhados e lírios da paz brancos floresciam com majestade, acompanhados por diminutas flores rosadas, laranja e amarelas que adicionavam encanto maior ao cenário. Os ruídos de animais mostravam-se agora muito mais vívidos, deixando saber aos viajantes que eles estavam por ali, reinando em um hábitat de luz e arrebatadora opulência. E lá estavam eles também, os pássaros dourados, empoleirados em uma das árvores, parecendo ter agora mais brilho em seus corpos majestosos e mais poder em seu mantra do coração, que ressoava com alcance superior pelo ambiente. Além deles, como sempre, aves de variadas espécies conversavam entre si com seus cantos e trinados característicos, alegrando com vida e graça o espaço. E, no alto, o céu acima da clareira resplandecia com renovada luz, como se o sol fizesse questão de mostrar todo o seu esplendor neste exato momento para Lisa e o Mestre.

Totalmente maravilhada, envolta pela magia dessa transformação e pelo equilíbrio absoluto desse magnífico espaço, Lisa se sentia em comunhão com tudo, percebendo-se parte do cenário, sem separações nem diferenciações. Em seu coração havia um profundo sentimento de amor por tudo o que via, até pelo mais pequenino ser que ali se encontrava e, de forma indescritível, sentia-se também correspondida nesse amor. Ela e a natureza eram uma coisa só, unidas por um forte sentimento de conexão e irmandade.

Não resistiu ao impulso de caminhar e apreciar mais de perto as cores, as formas e os perfumes desse jardim celestial. De vez em quando tocava uma planta, um arbusto e as pétalas das flores, sentindo suas formas e texturas. Beija-flores ofertavam beijos carinhosos a suas flores amadas, num romance simples e natural, suspensos no ar com suas cores exuberantes que ganhavam ainda mais radiância, iluminadas pelos raios solares. Para onde quer que olhasse, via esplendor, cores e exuberante beleza.

Andou por um tempo, observando tudo com atenção plena, e foi surpreendida por dezenas de borboletas que, em tons variados e multicoloridos, rodeavam os canteiros e a própria Lisa quando ela se aproximava. Em seu coração florescia também, junto ao encantamento por tudo que via e experimentava, um sentimento profundo de gratidão por poder ver esse espaço transformado em um cenário de tão rara beleza. E tudo isso envolto por uma vibração que parecia pertencer a uma dimensão superior e que a abraçava com extremo acolhimento.

Depois de uns minutos caminhando e absorvendo a transformação mágica do lugar, voltou-se para o Mestre e perguntou, incrédula:

— O que aconteceu aqui, querido Mestre?

— Uma enorme diferença, não é? – ele perguntou, mostrando em seus olhos também grande admiração. – O que aconteceu aqui foi um milagre do coração. É exatamente o que ocorre quando olhamos as coisas, os seres e a própria vida com o coração pleno de amor: tudo ganha novas cores, a abundância floresce, a energia se harmoniza e não existe mais separação, apenas interconexão. Você saiu da gruta vibrando no amor incondicional, totalmente purificada das energias de frequências inferiores, carregando no peito um sentimento que a elevou a uma dimensão muito superior de percepção. Com isso, seu campo vibratório dialogou com o Universo nesse nível frequencial elevado e você passou a ver tudo à sua volta com outro olhar, com uma perspectiva expandida trazida pelo olhar do coração repleto de amor e gratidão. Por isso, ao vibrar assim, você agora consegue visualizar maior beleza, ordem, encanto e abundância em tudo. Não foi o cenário realmente que mudou; você mudou, Lisa, você elevou sua vibração e aumentou o poder da lente pela qual você percebe e experimenta o mundo. A humanidade está dando os primeiros passos na direção de entender essa inter-relação entre a energia e a realidade criada. Começa a compreender, ainda devagar, o mistério dos diversos níveis de consciência, do qual já falamos tanto aqui, e a consequente forma que a realidade material assume em sintonia com o nível vibratório de cada dimensão acessada pela consciência. Você neste aqui e agora está tendo a oportunidade de vivenciar plenamente essa mágica da cocriação da realidade. E a grande mágica para o momento de salto dimensional é: eleve sua vibração e tudo se expandirá.

Embora o encantamento continuasse em seu íntimo por meio do que estava ouvindo, Lisa não conseguiu deixar de perguntar:

— Você pode me falar agora dos outros sentimentos específicos que são códigos de evolução?

— Certamente. Você já sabe que o sentimento primordial é o amor incondicional; dele se originam os outros códigos de acesso e sintonização. Eles se referem a todos os sentimentos que expressam, de formas variadas, esse amor incondicional, como seus atributos especiais. São, por exemplo, a gratidão, a compaixão, o perdão, a alegria e o entusiasmo, a bondade, a apreciação, o amor altruísta e todos os que encerram e conduzem ao Bem. Esses sentimentos, assim como o amor, criam também um campo vibratório positivo de alta sabedoria e poder informativo superior, e expandem a consciência cada vez mais. Gostamos de chamá-los de *sentimentos de Deus.* No dia a dia de vocês, torna-se agora crucial procurar estar sempre consciente do que se sente e questionar-se: *essa ação encerra um sentimento de Deus?* Ou mesmo: *esse sentimento me leva à Escuridão ou à Luz?* Essas perguntas são imprescindíveis para os dias atuais na Terra.

— Os sentimentos – ele continuou acompanhado pelo olhar atento de Lisa – representam a linguagem energética mais facilmente decodificada pela Matriz Criadora em que tudo e todos estão inseridos no Universo. Eles conversam com facilidade maior com essa Matriz;

são verdadeiros mágicos do Cosmos, criando realidades com insuperável poder e rapidez. Dependendo do que você sente, pode entrar ou não em fluxo com a Matriz e deflagrar campos vibratórios positivos ou negativos para a sintonização com o Espaço Sagrado do Coração; dependendo do que você se permitir sentir, experimentará a Escuridão ou a Luz. Quando consegue manter frequências elevadas no coração por meio dos sentimentos positivos já citados, o Espaço Sagrado se instala e, consequentemente, a realidade se transforma na mesma sintonia, conforme você acaba de vivenciar. Se sentimos que algo é belo e apreciável, a realidade se mostra bela e apreciável; se sentimos gratidão, o Universo nos retorna em gratidão e Bem, e assim por diante. Contrariamente, quando você vibra com sentimentos de frequências inferiores, como irritação, raiva, mágoa, vingança, ódio, inveja, entre outros, ou pensa e age impulsionada por esses sentimentos, você está fora de fluxo e cria um campo vibratório também inferior, onde boas ideias e pensamentos evolutivos e saudáveis não podem florescer, e o Espaço Sagrado do Coração não pode ser acessado.

— O que o coração vem nos ensinar – ele falou carinhosamente para Lisa – é que os sentimentos que se alinham com o Amor Incondicional e com o Bem Maior devem ser agora ser libertos com grande força e com escolha consciente, para poder permitir ao ser humano alcançar o nível de consciência exigido para este momento de regeneração da Terra. Você não pode vibrar no amor e no medo ao mesmo tempo; por isso, é preciso saber escolher as frequências que quer abrigar em seu coração e enviar para a Matriz. A grande lição para o momento é: somente pelo coração amoroso a humanidade vibrará em sintonia evolutiva; sentimentos positivos devem ser estimulados urgentemente no dia a dia para que se possa escrever a nova história para o planeta.

Lisa refletiu sobre tudo que estava sendo falado. Simples e grandioso ao mesmo tempo; magia e realidade de mãos dadas. E agora essa sabedoria estava sendo oferecida ao ser humano, que precisa dela para poder inaugurar um novo patamar de existência.

— É preciso que você sempre se lembre – o Mestre prosseguiu com muita ênfase – de que tanto a Luz dos sentimentos elevados quanto a Sombra dos menos elevados coexistem na realidade diária da vida humana. E todos devem ser reconhecidos e não negados, como você vivenciou na experiência da caverna do coração, porém o ser humano pode escolher que frequências deseja trazer para seu campo vibratório por meio dos sentimentos que se permite acolher. Tudo o que o indivíduo vivencia está diretamente alinhado com os sentimentos que escolhe sentir e, por intermédio deles, pode expandir ou retrair o que pensa, fala e age. Sentimentos determinam a qualidade do agir, do pensar e de expressar. É sempre uma escolha; no Universo tudo é participativo, em dinâmica inter-relação entre a Matriz Criadora e a consciência humana. Por isso é importante aprender a fazer uma gestão consciente do que vocês querem sentir.

O Mestre deu uma parada e depois prosseguiu, chamando a atenção de Lisa para algo muito importante:

— Preste bastante atenção: no processo evolutivo do coração, o primeiro grande sentimento a ser escolhido é o amor por si mesma. Sem o autoamor, você não conseguirá amar o próximo. O autoamor vem em primeiro lugar, não de forma egoísta ou presunçosa, mas como uma força libertadora e de cura que a impulsiona a ser o melhor *Eu* que você pode ser. Sem gratidão e apreciação por você será difícil agradecer e apreciar os outros e a vida. E amar-se incondicionalmente significa honrar todos os seus sentires; abraçar todas as suas nuances de Sombra e Luz, buscando sempre melhorar, renovar-se, transformar as frequências inferiores pela alquimia do coração. Amar o Deus em você; amar a vida; aceitar as dificuldades e ser resiliente para sempre renascer a aprender com elas; isso é autoamor, Lisa. Sua autoaceitação facilitará a aceitação incondicional de outros. Por isso, ame-se, aceite-se, reconstrua-se, proceda sempre à alquimia dos sentimentos mais baixos frequencialmente, honrando-os e deixando-os ir. Crie para você uma nova era de sentimentos e somente então você poderá jogá-los para o mundo.

Ao ouvir essas palavras, Lisa sentiu um imenso amor por ela mesma e por todos os outros indivíduos; essa jornada havia alimentado essa compreensão do valor pessoal de cada um para o Criador neste momento de salto da Terra. Ela era importante para o processo evolutivo, mas agora sabia que todos eram também imprescindíveis, independentemente do que expressassem ou fizessem. Ao mesmo tempo, sentia um forte sentimento de humildade, pois percebia a grandeza do Plano que, agora sabia, já estava em progresso no planeta;

e confirmava que somente uma inteligência muito superior poderia arquitetar algo tão excepcional e grandioso. Neste momento, ouviu novamente a voz do Mestre, que a convidava:

— Vamos nos sentar, Lisa, para continuarmos nossa conversa.

Dizendo isso, caminhou até um banco feito com toras de árvores entre duas imensas árvores frutíferas, convidando-a a juntar-se a ele para comer algumas frutas, aproveitando para descansar um pouco. Lisa aprovou imediatamente o convite, porque já sentia alguma fome, e havia vivido e ouvido tantas coisas fantásticas, que seu corpo e sua mente necessitavam, sim, de um descanso. Antes de se sentar, colheram frutas das árvores à volta e, depois, deliciaram-se com os sabores variados e com a doçura de todas elas.

Nesses minutos de silêncio, Lisa aproveitou para relembrar o que vivera até agora e entregou-se a algumas reflexões enquanto descansava. Sentia-se expandida, com uma sensação amplificada de puro amor. Mesmo em seus estados meditativos, nunca chegara tão perto de sentir o que agora percebia em si. Procurava também refletir sobre o que o Mestre falara antes sobre fazer uma gestão consciente dos sentires; sobre reconhecer os sentimentos que privilegiara nos últimos anos e os que inspirara nos outros. E algumas perguntas lhe vieram: *que sentimentos tenho privilegiado ultimamente? Quais eu desejo privilegiar? Que sentimentos tenho inspirado nos outros? O que gostaria de inspirar?* Nunca se fizera essas perguntas e agora percebia a importância de estar sempre procurando responder a elas.

Algum tempo havia se passado, mas ela não poderia dizer quanto. As experiências desse dia até agora tinham sido tão incríveis que o tempo parecia ter esquecido de prosseguir. Lisa agora percebia que o sol já reduzia sua força e o entardecer começava a querer se impor, trazendo uma atmosfera de quietude e uma tranquilidade sonolenta para tudo à volta. Da mesma forma que o dia, ela sentia também um entardecer em seu corpo e sua mente, o que lhe pedia para ficar sozinha consigo mesma, em quietude, revisitando esse novo ser expandido que brotara após a experiência dentro e fora da caverna. Aceitou de bom grado a sugestão que o Mestre agora lhe fazia de continuarem a jornada em outro dia.

Levantaram-se e começaram a caminhar de volta à cabana, onde ela iria passar a noite. Desceram o morro sem falar, margearam mais uma vez o rio, sempre acompanhados pelos pássaros dourados que, como ela notara antes, agora pareciam ainda mais dourados e animados. À medida que caminhavam, Lisa percebia que os diversos cenários por que passava nesse retorno também ganhavam um novo brilho, e pareciam mais vibrantes e belos.

Chegaram à acolhedora cabana e, lá dentro, Lisa notou que, mais uma vez, tudo estava amorosamente preparado para que ela passasse muito bem a noite e se alimentasse. Em cima da mesa, como sempre, viu também o caderno com as práticas e o gravador. O Mestre, então, lhe falou que as práticas desse dia eram técnicas que facilitavam a elevação da vibração para permitir o acesso ao Espaço Sagrado do Coração.

— Pratique bastante! – orientou e saiu da cabana, deixando para trás uma Lisa totalmente inebriada com as fantásticas experiências e ensinamentos que vivera.

Lisa refletia agora sobre esse dia da Terceira Verdade. Fora um dia especial e muito transformador que, com certeza, deixara nela várias sementes para sua evolução e para o encontro com sua Missão. Visitara esse sagrado campo vibratório interior, o Espaço Sagrado do Coração, e aprendera quais os códigos de acesso a esse patamar de frequências tão superior. Fora uma experiência por demais expansiva e reveladora, e Lisa sentia-se imensamente grata por poder visitar essa caverna de poder e sabedoria.

Percebeu que estava ainda tomada pelas emoções que vivenciara e sentiu vontade de equilibrar suas energias para só depois, então, praticar e terminar seu dia. Num impulso que não pôde controlar, correu até o rio e, do jeito que estava, foi banhar-se em suas águas calmas e refrescantes. Encontrou uma pequena piscina natural próxima à margem entre as pedras, rasa e convidativa, e ali ficou, entregando-se ao abraço desse rio que cada vez mais sentia como um amigo especial nesta jornada e que já se tornara sagrado para ela, por sua beleza, fluidez e sabedoria silenciosa. O toque da água trouxe para ela uma sensação de equilíbrio e renovada energia, e, principalmente, de acolhimento. Ao mesmo tempo, o leve movimento das águas caminhantes também parecia embalá-la e ajudá-la a fazer uma alquimia de tudo que experimentara nesse dia único. Realmente, fora um dia que a surpreendera e encantara, revelando para ela os segredos do coração como um portal evolutivo. Grandes verdades vieram reforçar que amar, sentir e viver visando ao Bem Maior não são "balelas" dispensáveis, como por décadas foram considerados, mas representam linguagens universais que facilitam a sintonização frequencial e harmonizam o pensamento e as ações.

Lisa deixou-se ficar no rio sendo acariciada pelas águas e absorvendo seus ruídos, que ela adorava ouvir. Assim permaneceu até que a primeira estrela aparecesse no céu e a lua principiasse sua visita à Terra. Sentindo-se em paz e fortalecida, caminhou de volta para a cabana, sem pressa, enquanto o manto da noite ia descendo suavemente pelo local e o céu começava já a se enfeitar com uma profusão de estrelas.

Lá dentro, imediatamente após se trocar com roupas confortáveis e deliciar-se com os alimentos preparados para ela, pegou o caderno e o gravador, e iniciou as práticas do dia, que eram duas meditações:

PRÁTICAS DO CORAÇÃO – Terceira Verdade

TÉCNICA BÁSICA: ESPAÇO SAGRADO DO CORAÇÃO

Essa técnica é a base para todas as outras e pode ser utilizada para iniciar as demais técnicas.

1. Feche os olhos. Coloque sua atenção na respiração, procurando respirar de forma ritmada e suave, sem forçar, buscando estabelecer um ritmo harmonioso entre a inspiração e a expiração. A cada expiração procure relaxar cada vez mais e harmonizar-se. Inspire, expire e relaxe. Permaneça com essa respiração algum tempo, até se sentir plenamente relaxada, num ritmo que seja confortável para você.

2. Leve a mão ao centro do peito e focalize aí sua atenção; tente sentir as batidas do coração, e a energia e o poder que emanam desse Espaço Sagrado. Entre em conexão com seu coração, entregando-se totalmente a ele e à sua vibração

excepcional: você e seu coração; seu coração e você em total intimidade, alinhando-se com essa poderosa energia, em comunhão plena. Nada mais importa neste momento. Reconheça o coração como o seu grande Mestre e sintonize-se com ele.

3. Permaneça assim por algum tempo, sentindo a forte energia deste Espaço Sagrado. Visualize agora essa energia com uma coloração cor-de-rosa de amor incondicional, e deixe que ela inunde seu peito, irradiando com imenso poder. Entregue-se por um tempo a este Espaço Sagrado sutil, pleno de Luz rosa de amor incondicional.

4. Agradeça ao seu coração e se despeça dele. Retire a mão do centro do peito e volte sua atenção para o aqui e agora, fazendo algumas respirações mais profundas. Quando se sentir pronta, abra os olhos devagar. Mantenha em si a mesma energia e, se desejar, escreva algo no caderno, deixando fluir, sem julgar.

TÉCNICA DE IRRADIAÇÃO CARDIOENERGÉTICA

1. Repetir os passos 1, 2 e 3 da Técnica do Espaço Sagrado.

2. Imagine e sinta que, a cada batida do coração, essa Luz rosa de Amor Incondicional irradia-se para todo o seu corpo. Vá permeando cada célula com essa Luz, iluminando seu corpo internamente, sentindo a energia da luz do coração espalhando-se plenamente por seu interior.

3. Agora visualize essa Luz irradiando também para fora, inundando o ambiente à sua volta com essa energia. Irradie também para o planeta, envolvendo-o com essa energia transformadora do amor. Permaneça sentindo a Luz rosa do Amor dentro de você e, ao mesmo tempo, irradiando para fora, por todo o ambiente externo, e para o mundo.

4. Se desejar, irradie essa Luz do Coração para alguém ou algo que você queira energizar.

5. Retorne agora devagar sua atenção para o seu coração. Despeça-se dele e vá retirando sua mão do centro do peito, ainda sentindo profundamente essa energia de amor do coração por todo o seu corpo.

6. Faça algumas respirações mais profundas; quando se sentir pronta, abra os olhos com cuidado e volte ao seu momento presente aqui e agora.

7. Se desejar, escreva algo no caderno, deixando fluir, sem julgar.

Observação: para essa técnica de irradiação, em vez de irradiar a Luz rosa do amor incondicional, você pode escolher um sentimento de frequência elevada, como gratidão, compaixão, alegria, apreciação, plenitude etc., e irradiá-lo.

Depois de ler as duas meditações, resolveu praticá-las logo. Para isso, pegou o gravador e foi se deixando conduzir pela voz do Mestre que a guiava amorosamente pelas técnicas. As meditações do coração apenas somaram à sensação de plenitude e êxtase que estava sentindo desde a caverna. E o que escreveu era como uma afirmação de poder e entrega para sua vida:

Uma força poderosa de Luz e Amor flui através de mim e para o ambiente a partir do meu coração. Eu me entrego, me sintonizo e ofereço amor ao mundo!

Agora ela confirmava que realmente nunca mais conseguiria ser a mesma, nem poderia atuar no mundo da forma que sempre atuara. Algo tão profundo e transcendente havia acontecido dentro dela na caverna do coração, que se sentia em comunhão plena de amor com tudo e todos, e sua vida ganhava um significado superior e mais sublime. Sabia agora com certeza absoluta que havia um espaço vibratório sagrado e transformador que residia em seu coração, o qual podia ser sintonizado sempre que ela escolhesse vibrar nas frequências dos sentimentos elevados. Confirmava também, por experiência própria, que esse campo energético de sentir era regenerador e trazia uma sensação de comunhão expansiva, liberdade infinita, autenticidade e iluminada sabedoria, onde não havia contradições, dúvidas ou inseguranças, nem medos nem caos; só havia o Bem e o êxtase de existir em uma dimensão superior. Como sempre lhe repetiam seus amigos pássaros dourados, tudo estava realmente certo, perfeito, porque tinha coração. Agora, mais do que nunca, Lisa entendia o canto de amor deles.

Alimentada por essas energias e insights, ajeitou-se para dormir, lembrando-se de que o Mestre havia antecipado que a próxima parte da jornada ainda traria muitas surpresas e novos ensinamentos, e ela conheceria algo que chamou de *pragmatismo do coração*. Perguntou-se o que seria isso, porém, não conseguiu pensar em mais nada, porque rapidamente caiu num sono profundo, repleto de sonhos.

CAPÍTULO 4

PRAGMATISMO DO CORAÇÃO

O dia amanhecera inesperadamente diferente de todos os outros, com uma chuva leve que caía de mansinho, regando o local com gotas de vida, presenteando Lisa com um cenário extremamente belo e refrescante. Dali de onde se encontrava, sentada na varanda, Lisa observava esse espetáculo da natureza, encantando-se com o brilho renovado dos campos molhados, o rio estremecido pelos pingos da chuva, os morros mais verdes e vibrantes, além das árvores repletas de pássaros silenciosos, empoleirados em seus galhos para se proteger da chuva. O ambiente estava sendo purificado e Lisa sentia que seu espírito também se purificava com a energia da água se espalhando em pequenas gotículas pelo local.

Aos poucos a chuva foi diminuindo e terminou sua passagem por ali, e o cenário se encheu de movimentos e sons mais fortes novamente. Os pássaros deixaram seus abrigos nas árvores e volta-ram a voar alto no céu que, agora, começava a se mostrar de forma tímida por entre as nuvens de chuva que viajavam para lavar outros recantos. Unindo-se a eles, os lindos pássaros dourados também reapareceram, brincando animados com seus irmãos, lembrando sempre à Lisa da sua presença amiga e companheira. De onde estava, podia também observar e divertir-se com os pequenos animais que, de vez em quando, saindo de seus esconderijos na mata, aproxima-vam-se da varanda, encarando-a como se agora já a reconhecessem.

Após levantar bem cedo, resolvera fazer ali fora as suas práticas para buscar ainda maior conexão com o coração. Percebeu que, cada vez mais, essas práticas faziam sentido e a preparavam para alcançar o campo vibratório do Espaço Sagrado do Coração com mais facilidade. E foi com essa energia renovada que se perguntou curiosa: – O que ainda teria pela frente? Sabia que eram cinco Verdades e até agora havia encontrado apenas três delas, mas tudo já havia sido tão transformador; era como se houvesse nascido de novo, fechado um ciclo e iniciado outro totalmente diferenciado e mais expandido, mais sábio e íntegro.

Lembrou-se agora de que tivera uma noite repleta de sonhos. Não se recordava bem de todos, porém um deles voltava toda hora à sua memória, com uma cena que chamava sua atenção de forma especial: ela se via numa grande celebração, com muitos amigos e até mesmo antepassados, todos cantando e dançando, plenamente felizes, até o momento em que, ao mesmo tempo, todos pararam de dançar e abriram espaço para a passagem de um Ser de muita Luz que se dirigiu diretamente para ela. Seu brilho era tão intenso que Lisa não conseguia divisá-lo totalmente, porém a energia que irradiava era tão amorosa que ela sentiu o corpo estremecer e, logo depois, de forma inesperada, entrou em sintonia perfeita com sua vibração. Ele se aproximou e, diante dela, começou a lhe falar. Lisa ainda não o via com total clareza, nem o ouvia plenamente, porém naquele ambiente mágico do sonho, ela conseguia entender tudo que ele lhe dizia; parecia que conversavam por meio do coração. Esse Ser iluminado pegou, então, um colar dourado com um pendente também dourado que, ela se recordava perfeitamente, tinha encravado um coração com raios de luz, desenhado em pedras brancas e rosas. Lisa se lembrava de, no sonho, ter se maravilhado com a beleza e o brilho desse colar, e ter sentido com total intensidade uma poderosa energia emanando do seu centro. O Ser de Luz, então, pendurou o cordão em seu pescoço e lhe disse: – Feliz retorno! Bem-vinda de volta ao seu Lar.

Agora, ali sentada diante da radiância da natureza purificada pela chuva, Lisa se perguntava o que significavam aquelas palavras simples, tão solenemente pronunciadas. – Para onde estaria retornando? – perguntou-se. Porém, consciente de que essa sua indagação seria certamente respondida no desenrolar de seu processo evolutivo na jornada, só pôde na verdade sentir uma imensa gratidão por poder participar dessa extraordinária, mística e reveladora jornada. A felicidade que sentia não podia ser descrita por palavras comuns e, nesta manhã em especial, detectava em si uma vontade inadiável de possibilitar a outras pessoas a vivência dessas experiências tão transformadoras de conexão com o coração.

Em meio a esses pensamentos e sentires especiais, percebeu que o Mestre se aproximava, parecendo neste dia ainda mais pleno de Luz, trazendo nas mãos um pequeno baú. Ele a cumprimentou com entusiasmo, sentou-se e perguntou:

— Pronta para receber a Quarta Verdade?

— Com certeza! – ela respondeu com ânimo redobrado.

— Realizou as práticas?

— Sim. Agora elas já fazem parte da minha rotina diária.

— Excelente, Lisa. O caminho para o coração espiritual, o grande salto de consciência, é um trabalho constante e disciplinado, que exige muita dedicação e empenho pessoal, pois somente assim você conseguirá derrubar os muros das crenças materialistas, os medos, os paradigmas de poder e as pseudoverdades da atualidade, e encontrar o nível vibratório necessário para a sintonização com os registros da Luz. Preste bastante atenção: evoluir espiritualmente não é um lugar a que você chega de repente; é um processo dinâmico e não linear; um caminho para dentro de si, com avanços e retrocessos, que propicia um realinhamento frequencial gradual, por isso, necessita de decisiva atenção interior e escolhas pessoais conscientes. Você aprendeu que a humanidade está vivendo uma passagem dimensional e que os estados de consciência das dimensões coexistem holograficamente. O ser humano, em sua capacidade de observador criador, escolhe a todo instante, mesmo que inconscientemente, com que dimensão quer se alinhar. Como lhe disse, vocês já têm disponíveis as novas energias de quarta dimensão, preparando-se para a quinta dimensão, porém ainda estão inseridos em perspectivas da terceira dimensão. Em meio ao caos e à aceleração da vida que se vive na Terra hoje, a constância das práticas vai permitir que você mantenha em si, pela maior quantidade de tempo, as frequências elevadas do coração, que se alinham com as dimensões mais elevadas, o que, aos poucos, irá assentando definitivamente em sua energia as verdades espirituais da Nova Cultura dessas dimensões superiores. Todo dia você deve fazer a escolha consciente de se alinhar com as energias superiores do coração e evoluir, saindo da sua zona de conforto. Lembra-se de quando você encontrou pela primeira vez o Portal, sem saber direito por que estava ali, e sua mente lhe dizia para não atravessar e manter o *status quo*, porque era mais fácil? Pois então, esse tipo de pressão interna sempre acontecerá, e surgirão também algumas pressões externas, mas você sabe que, para continuar evoluindo, basta fazer a escolha pela evolução, comprometer-se com disciplina e entrega, e se render ao mistério e à magia do processo.

Lisa lembrou-se desse momento diante do Portal, e rememorou a luta interna que vivera para que voltasse e permanecesse nos mesmos moldes de vida que possuíra até aquele momento. Na sua visão da época, já estava bem e se perguntava por que deveria buscar o novo e arriscar-se numa nova experiência tão misteriosa. Agora, já no meio de sua jornada, ela agradecia ao coração por tê-la instigado a seguir adiante e atravessar o Portal, porque o que estava vivendo nesta jornada era uma experiência inigualável. Ouviu a voz do Mestre neste instante, que continuava a lhe falar:

— Por isso exatamente você recebeu as práticas meditativas e as afirmações; alguns segundos ou minutos no silêncio do Espaço Sagrado do Coração lhe ensinarão muito mais do que milhares de mentores e leituras que você possa fazer ou ter, e a manterão sempre alerta para as Verdades do Coração Espiritual. Quanto mais praticar, mais fácil ficará acessá-lo. É importante frisar que, embora tudo seja muito mágico, não existe uma varinha de condão que, em segundos, transforma tudo. Toda evolução, seja pessoal, seja do próprio planeta, exige um tempo para gestar, assimilar e transformar, e não pode haver pressa nem ansiedade, conforme você aprendeu logo no início desta jornada. No entanto, não é só isso. Existe ainda outra coisa que você precisa saber sobre o salto evolutivo e agora está na hora receber a Quarta Verdade do Coração, porque ela tem tudo a ver com o que acabei de lhe falar sobre prática e transformação. Você a receberá aqui mesmo; ela se encontra neste pequeno baú.

Assim dizendo, o Mestre estendeu para Lisa o baú que trazia nas mãos, sentando-se ao seu lado, e ela segurou o lindo baú dourado com imensa reverência e cuidado, abrindo-o imediatamente para pegar o pergaminho. Leu, então, com grande surpresa, a Quarta Verdade, que dizia apenas:

Quarta Verdade do Coração

Pragmatismo do Coração

Saber x Ser x Servir

Lá estava ela, a expressão que o Mestre havia usado no dia anterior antes de se despedir, a qual Lisa não sabia o significado: *pragmatismo do coração*. Olhou para o Mestre com dúvida e esperou que ele esclarecesse o significado dessa Verdade tão-simplesmente expressa.

— A expressão pragmatismo do coração – ele explicou com sua exponencial sabedoria – encerra uma poderosa orientação para quem deseja cumprir missão neste momento vivido pela humanidade. Embora as pessoas muitas vezes pensem que a sabedoria espiritual do coração tem a ver apenas com receber novas informações e técnicas, na verdade, seus princípios precisam urgentemente ser colocados em ação no dia a dia, indo além da teoria, para que possam de fato transformar a realidade individual e planetária. O momento atual é tão decisivo para a humanidade que apenas teorias ou filosofias não conseguirão mudar absolutamente nada.

— Conforme você pode ver no pergaminho da Quarta Verdade – prosseguiu –, existem três verbos importantes abaixo da expressão Pragmatismo do Coração: *Saber x Ser x Servir*. Eles são o fundamento do pragmatismo e se complementam para compor a Trilogia da Evolução pelo Coração. E o queremos dizer com essas três palavras? *Saber* é o primeiro estágio e tem a ver com se tornar consciente das diretrizes da Nova Era, conhecer os novos paradigmas evolutivos, inteirar-se do Plano Divino para a Terra e do papel do ser humano neste momento crucial. Refere-se também a redescobrir o poder do coração energético e espiritual, e sua verdadeira competência como portal para a evolução. Esse é o primeiro passo, porém não se pode parar por aí.

— A segunda expressão da trilogia – continuou –, *Ser*, diz respeito a internalizar plenamente os conhecimentos novos adquiridos no *Saber*, despertando o próprio coração e sendo exemplo das virtudes elevadas da quarta e quinta dimensões, sobre as quais falaremos um pouco adiante. Isso tem a ver com a palavra *coerência* – não pode haver separação entre o que se sabe, o que se é e o que se faz no dia a dia. Com a palavra *Ser* queremos dizer que o caminhante do coração precisa viver ele mesmo, profundamente, a nova dimensão de consciência do coração, isto é, engajar-se em sua própria transformação cardiointuitiva e elevação vibratória para depois, então, poder realizar o terceiro verbo da trilogia: *Servir*. Essa palavra traz a complementação dos dois primeiros estágios; após *Saber* e *Ser*, naturalmente surge o *Servir*, que representa a realização plena de uma Missão de Alma especialmente designada para cada um neste aqui e agora evolutivo.

— E que orientações você pode me dar para melhor concretizar essa Trilogia sagrada no dia a dia e ser uma pragmática do coração? Por onde começar? Não está me parecendo algo tão fácil de ser realizado nos dias conturbados de hoje.

— Realmente – ele concordou. – Já falamos várias vezes sobre a dificuldade de dar o salto e viver pelo coração, devido ao estado de consciência preponderante que reina no planeta, mas você também já me ouviu lhe garantir algumas vezes que neste ponto da evolução todos que desejarem terão ajuda para concretizar a própria salvação e a da Terra. E não é preciso realizar grandes coisas, é muito simples de verdade:

basta reaprender a amar como princípio de tudo. E aí, então, tudo o mais se torna simples: mostrar compaixão para todos os outros indivíduos; expressar profundamente a gratidão, a bondade, a cortesia nas relações; levar alegria e felicidade ao maior número de pessoas; existir para o Bem Maior; amar e cuidar da Mãe Terra; ajudar o próximo, amar-se, perceber-se e curar-se por meio de sentimentos elevados e frequências superiores, ser dócil e gentil, entre outras coisas. Pragmatismo do Coração, Lisa, significa ação diária amorosa e constante! É preciso sair da teoria e agir, não só para si, mas também para o Todo! Acredite, Lisa, pequenas ações diárias individuais de amor e dedicação ao próximo farão toda a diferença para a evolução coletiva. Se não houver pragmatismo no que diz respeito aos princípios espiritualistas do coração, essa sabedoria ficará restrita aos livros e aos estudos, e o caminho do coração se esvairá, sem influenciar a vida diária.

— Aqui é importante acrescentar – ele continuou com voz animada – que no tempo limite que a humanidade alcançou, com uma realidade tão difícil e destruidora, apenas "não fazer o Mal" não trará resultados expressivos; essa atitude é muito passiva para os tempos atuais. Como falei antes, é preciso ser proativo, empenhar-se para fazer o Bem diariamente, sair do mundo individualista e egocêntrico de cada um, agir de forma decisiva para a evolução de todos os corações, a toda hora e a todo instante, cada um cumprindo sua missão específica para transformar a realidade. Se não houver transformação da realidade, não é pragmatismo do coração. Todas as Verdades apresentadas a você nesta jornada são para serem vivenciadas plenamente a cada dia. Por isso a Quarta Verdade enfatiza a necessidade de ações e atitudes diárias que se voltam para o Bem, guiadas pelo coração.

— Nesse contexto do pragmatismo, e não menos importantes – ele continuou – também estão incluídos as intenções, os pensamentos, as palavras e a atenção. Tudo isso precisa ser guiado pelo coração e gerenciado com sabedoria, para gerar o campo vibratório ideal da transformação e da evolução. Mantenha sempre suas intenções e atenção voltadas para o amor e para as informações evolutivas; busque o sagrado; acorde e se levante focando o positivo e a abundância; espere o extraordinário que ele certamente aparecerá em sua vida.

Como pode ver, além do que você faz, é crucial hoje estar consciente do que está pensando e sentindo, de suas intenções e também de onde está colocando sua atenção: na escassez ou na abundância? Na coletividade ou na individualidade? Na gratidão ou na lamúria? Na evolução ou na estagnação? No amor ou no medo? Tudo isso influencia seu campo vibratório; é um aspecto invisível de ser, mas que faz uma enorme diferença na comunicação com a Matriz e, consequentemente, na realidade criada.

Lisa respirou mais profundamente e seus olhos brilharam de entusiasmo com tudo que ouvia. Como sempre, sua vontade de saber mais se aguçou e ela perguntou, antes que ele continuasse:

— E o que muda quando incorporamos essa perspectiva do pragmatismo do coração à nossa vida?

— Ah, Lisa, aí tudo se transforma. Viver pelo coração e seguir a Trilogia libertam os grilhões do medo, da ansiedade e da negatividade, abrindo caminho para infinitas possibilidades de ser e atuar nunca antes visualizadas pelos seres humanos. Removem-se os julgamentos, aprimora-se a aceitação incondicional de pessoas e fatos, e, por isso, permite-se caminhar pela vida com o sentido de total conexão com tudo e todos. O sentido de interconexão é uma das primeiras mudanças que ocorrem quando você se se torna pragmático no que concerne às Verdades do Coração. Além disso, a inteligência se expande, e você passa a ver tudo com outros olhos e, muito importante frisar, passa a atuar com percepção ampliada e criatividade superior, alcançando insights e poderes que estão disponíveis apenas nas dimensões superiores de ser. Inserir a sabedoria sutil do coração no dia a dia é a saída para se criar uma inteligência de nível muito superior, que une as perspectivas mentais e cardiointuitivas, a qual suplanta a inteligência que tem guiado as criações dos seres humanos nos últimos séculos. Com essa nova perspectiva cooperativa entre os dois – cérebro e coração –, cria-se um círculo virtuoso: o despertar do coração espiritual eleva o nível de intuição e saber do ser humano, permitindo que informações sutis evolutivas sejam compartilhadas com o cérebro; este as processa e amplia o alcance da percepção humana, fazendo com que as intenções, os pensamentos, as palavras e as ações do ser humano se elevem, o que gera criações de Bem no dia a dia, sintonizadas com as novas energias disponíveis nas dimensões superiores. E essa nova perspectiva de vida preenche o ser humano de realização, paz, felicidade e sabedoria; e transforma a Terra em um planeta de Luz e Bondade. É o ser humano cardiointuitivo se expressando no mundo com poder total.

Lisa refletiu sobre esses ensinamentos, que traziam uma visão muito prática da espiritualidade no mundo e reforçavam a necessidade urgente de liberação da sabedoria do coração. Certamente, pensou, a grandiosa transformação planetária só poderá acontecer por meio de ações efetivas no dia a dia, porém ela sabia que a transformação cardiointuitiva pessoal iria exigir do ser humano muita vontade e comprometimento, e, mesmo, a desconstrução de hábitos e crenças já internalizados. Percebia agora que o ser humano precisava desaprender muitas coisas e aprender outras que se tornavam urgentes neste momento da história humanidade. Havia um mundo desconhecido e invisível que participava direta e decisivamente na manifestação da realidade, e o ser humano ainda voltava seu olhar com maior ênfase para aquilo que ele podia ver, medir e controlar, abandonando quase totalmente essa engrenagem interna sutil de criação da realidade.

Nesse momento, ouviu a voz do Mestre que prosseguia com seus ensinamentos divinos:

— Compreende agora por que o coração espiritual, com seus sentimentos de frequências elevadas, torna-se a saída para gerar a transformação e facilitar o grande salto evolutivo? Como já lhe foi dito, ele é a ponte entre as duas culturas da matéria e do espírito; é o grande mágico, o maior alquimista possível para a evolução por meio da energia do Amor. Então, o convite do pragmatismo neste momento de despertar da humanidade é para que todos se tornem observadores atentos do que pensam, sentem, falam, agem e comunicam ao Universo, procurando sempre fazer a escolha de se alinhar com as mais elevadas informações e virtudes do coração espiritual.

Parecendo como sempre adivinhar os pensamentos e a vontade de aprender de Lisa, o Mestre observou:

— Existe um último ponto que quero enfatizar e que também reflete o pragmatismo do coração. Falamos de pensamentos, intenções, ações, atenção e sentimentos, mas você não pode negligenciar também as palavras que usa ao se comunicar. Sua comunicação é material e energética ao mesmo tempo; palavras possuem força eletromagnética, que decorre do seu significado em si, mas que vem também de sentimentos e intenções que estão por trás do que é enunciado. Comunicar-se com amor, com sinceridade total, verdade pessoal e com palavras dóceis e curativas é vital. Por isso, Lisa, na sua busca evolutiva, procure utilizar sempre expressões positivas e harmonizadoras; evite lamúrias, reclamações e xingamentos; use sua comunicação para encorajar, não para destruir; para unir, não para afastar. A boa comunicação, em que contexto for, é uma poderosa ferramenta que pode servir para construir relações transformadoras entre pessoas. Mas ela pode igualmente destruir, por isso é importante sempre se comunicar com o coração. Além disso, aprenda a ouvir com coração também, respeitando as palavras do outro, tendo empatia e paciência com o que está sendo expresso pelo seu interlocutor. Evite entrar num discussão com o objetivo único de vencer a qualquer custo, como dona da razão; saiba ceder e buscar o entendimento, procurando compreender o ponto de vista do outro. Se você deseja ajudar pessoas a reencontrar seu coração espiritual, use as palavras com sabedoria e ouça com muito amor.

— E essa Verdade sobre o pragmatismo do coração pode ser colocada em prática também na vida profissional?

— Certamente, Lisa! É exatamente este o significado da Quarta Verdade: tudo pode e deve ser levado a todos os campos de atuação. Ninguém é espiritualista do coração em alguns contextos e deixa de ser em outros. A espiritualidade e as Verdades do Coração são um estilo de vida, que abrange todos os ambientes e precisa alcançar relacionamentos, família, trabalho, sociedade, mundo. Não existem horários para uma pessoa ser pragmática com o coração; essa é uma escolha para todos os momentos. É, na verdade, um estado de ser que precisa urgentemente ser adotado pelos seres humanos. Vocês precisam entender que, como já foi falado na Segunda Verdade, a humanidade chegou a um ponto limite em que ou ela se transforma e se eleva ou a destruição será inevitável. A saída para esse momento será sempre o coração em ação.

— Mas é muito difícil conseguir manter-se o tempo todo vibrando nas frequências elevadas – Lisa argumentou intrigada.

— Realmente, isso não é possível mesmo e nem é exigido aqui. O grande trabalho a ser feito a princípio é a escolha por mudar; depois, esforçar-se ao máximo para manter em si, pela maior quantidade de tempo, os sentimentos superiores. É uma atitude de prontidão e vigia constantes. Certamente algumas frequências inferiores acontecerão no dia a dia de vocês, porque ninguém no atual estágio de evolução consegue vibrar o tempo todo com as energias superiores das dimensões elevadas, porém o importante é estar atento e saber transmutá-las. Lembra-se do que aconteceu na caverna? Você começou a relembrar momentos de raiva, medo, mágoas, culpas, entre outras frequências inferiores sentidas, e não as rechaçou; você as reconheceu e entregou-se ao amor que cura e purifica. Isso pode ser feito sempre que perceber em si sentimentos e energias que a afastam da Luz; não se culpe nem desanime; você, como qualquer outro ser humano, pode modificar a frequência do seu campo vibratório escolhendo o que sentir. Hoje você vai encontrar em seu caderno e no gravador uma meditação que faz a transmutação de sentimentos de forma muito fácil. Contudo, como lhe falei quando conversávamos sobre o autoamor, nunca se deve negar a própria Sombra; ela tem muita coisa para ensinar sobre você mesma. A humanidade está vivendo ainda a Grande Transição, o grandioso processo de purificação e cura, por isso os seres humanos ainda não estão plenamente preparados e purificados para dar o salto direto para a quarta e a quinta dimensões. Vocês estão vivendo o tempo entre as duas eras, um tempo de gestação e preparação, e a evolução precisa começar pela limpeza da toxicidade energética individual, com o autoconhecimento profundo e com a purificação que você percebe que precisa fazer em si mesma. E se não perceber, as forças evolutivas lhe proporcionarão experiências curativas e purificadoras para que você possa evoluir, caso sua escolha seja viver plenamente a evolução.

— O caminho do coração – ele ressaltou – vai lhe mostrar a sua Luz, mas também suas feridas e dores, sua pequenez, suas incoerências, sentimentos inferiores e incompletudes, mas a partir do momento em que você se reconecta mais profundamente com seu coração espiritual e acessa os registros da Luz, tudo vai sendo transformado, tornando a evolução cada dia mais fácil. Porém, sempre ressalto, é preciso escolha e disposição plena para fazer uma gestão consciente dos seus sentires e poder agir como um verdadeiro ser cardioconsciente.

Lembre-se do que já falei aqui repetidas vezes para você: muita cura e limpeza ainda se farão necessárias; isso faz parte do processo da evolução. Nesse contexto de purificação, portanto, as técnicas e os conhecimentos são muito importantes, sim, para ajudar o alinhamento com o Espaço Sagrado do Coração. Todavia, como o pragmatismo ensina, é imprescindível trazer o sutil para o denso no cotidiano; unir o espírito com a matéria no dia a dia; privilegiar pensamentos e intenções de Bem; utilizar uma comunicação de Luz, a fim de limpar, aos poucos, a toxicidade que envolve o campo vibratório individual e, consequentemente, o da própria Terra. Um passo de cada vez, Lisa, e você testemunhará resultados surpreendentes em sua vida.

— Mestre, você antes falou sobre a necessidade de coragem para poder trilhar o caminho do coração no dia a dia. Por que é preciso coragem?

— Ah, Lisa, num mundo que ainda vive sob os paradigmas materialistas e racionais, falar de amor, gratidão, bondade, irmandade, compaixão, frequências evolutivas e transição planetária, entre outras coisas, é um enorme desafio. Ainda existirá muita reação; nem todos aceitarão essa nova abordagem, porém, posso repetir com total segurança, conforme você viu na Segunda Verdade, que os tempos estão mudando e se alinhando ininterruptamente com a quarta e quinta dimensões. Isso significa que, para aqueles que desejarem participar do grande movimento evolutivo terrestre, espelhando e semeando os valores espiritualistas e amorosos, tudo ficará mais fácil; as pessoas certas se juntarão, as oportunidades aparecerão e muitos se unirão para construir um novo mundo.

Lisa refletiu sobre as explicações do Mestre e acabou por concordar plenamente com suas palavras. Eram palavras de esperança e ampla sabedoria evolutiva. Lembrava-se agora de tudo que ela mesma vivera quando, em momentos decisivos de sua vida, fizera a escolha por um caminho menos material e mais espiritual. Quantas reações inesperadas; quantos obstáculos foram inseridos pelo simples fato de que suas escolhas acabavam por pender para o lado humano, espiritual e energético. Quantas tentações! Mas se lembrava também de que sempre se mantivera firme nos anseios de sua alma e seguira seu caminho de forma diferenciada de tantos outros, visando muito mais ao espírito, a servir ao próximo e também à busca de um significado maior em tudo na vida. E ali estava ela agora, desfrutando de uma jornada que iria prepará-la para cumprir uma missão especial na Terra neste momento único de transição planetária. Era tudo muito grandioso e, por isso, em sua enorme curiosidade sobre esses temas, ela ainda sentia vontade de saber mais e ficou feliz ao ver que o Mestre já continuava a lhe falar, olhando-a bem nos olhos de maneira carinhosa:

— *Saber* sobre os novos registros evolutivos, *Ser* um exemplo do que aprendeu com essas informações, *Servir* ao próximo – esses três estágios precisam andar juntos; se um falhar, a Trilogia não gera a evolução plena. Decore essas palavras e incorpore-as ao seu viver. Siga as orientações do Plano Divino para você, esforce-se para cumprir sua missão e, especialmente, aceite os retrocessos, não desista e sempre procure realinhar-se com o coração. Se assim o fizer, sincronicidades, oportunidades, textos, aprendizados, purificações, pessoas e acontecimentos surgirão para direcioná-la ao seu objetivo. Como você pode ver, Lisa, é simples, mas não é tão fácil. Você tinha razão ao considerar a grande responsabilidade do ser humano nesse processo evolutivo; o esforço, o comprometimento e as escolhas humanas serão cruciais para a regeneração ou não da Terra. Escolha evoluir; dê o melhor de si nesse caminho e tudo se concretizará com excelência. Confie!

Lisa tentava assimilar cada ensinamento novo que o Mestre lhe passava, sabendo que eles acrescentavam algo mais sobre pragmatismo e sobre como levar a espiritualidade e o coração para o dia a dia. Aproveitando a parada na fala do Mestre, ela o interpelou sobre o que mais ele poderia lhe dizer sobre essa Quarta Verdade tão especial. O Mestre sorriu e respondeu com paciência e amor em suas palavras:

— Lembra-se do que lhe falei sobre virtudes elevadas há pouco? Existem algumas virtudes que devem ser incorporadas ao viver daqueles que desejam ser pragmático por meio da Trilogia da Evolução. Elas servem como um mapa de atitudes e posturas que distinguem o caminhante do coração. Compõem as *Oito Virtudes* do *Acendedor de Corações*. São elas: Autenticidade, Altruísmo, Coerência, Alegria, Gratidão Incondicional, Desapego, Humildade, Coragem. Elas a ajudarão a nortear seu caminhar, e a onda vibratória positiva que delas resulta influenciará também o ambiente à sua volta, atraindo muitas pessoas que desejarão aproximar-se e aprender com você. Talvez você pense que uma só pessoa não mudará nada, quando tantos outros, em maior número, rejeitam essas virtudes e se afastam cada vez mais do coração.

Porém, isso não é verdade. Cada pessoa que eleva sua vibração consegue contagiar energeticamente muitas outras, e uma onda evolutiva começa a se formar. A soma desse agir terá uma força incalculável de purificação da vibração da Terra, permitindo assim que o planeta dê o salto evolutivo. Leia as Oito Virtudes e reflita sobre como elas estão inseridas em seu viver; depois, trace um plano para ir adicionando uma a uma ao seu dia a dia.

Lisa não se cansava de ouvi-lo; suas palavras tocavam diretamente seu coração, preenchendo-a de esperança e determinação para cumprir sua missão. Insistente em sua busca de crescimento, pediu que ele falasse um pouco sobre cada virtude. Porém, o Mestre já se levantara, dando a ela um sinal de que era hora de encerrar as lições do dia.

— Vamos deixar os novos aprendizados para um pouco depois em sua jornada – ele disse. – Você está muito próxima de se reencontrar com a sua Missão de Alma, e precisa realinhar suas energias e preparar-se para esse momento. Lá dentro, no seu caderno, você encontrará as explicações sobre as virtudes e, no gravador, vai poder realizar novas meditações. Já estamos chegando ao meio do dia e você deve também estar com fome, não é mesmo? O resto do tempo de hoje é todo seu para refletir, praticar e descansar; eu voltarei apenas amanhã, para prosseguirmos na direção da Quinta Verdade e, também, do encontro com a sua Missão de Alma.

Assim dizendo, despediu-se com seu olhar benevolente e caminhou para longe da cabana, como fazia regularmente ao se despedir de Lisa, indo na direção dos montes mais altos ao longo do rio, até sumir de vista. Lisa já havia se acostumado com essa visão do Mestre se afastando calmamente, com uma desenvoltura natural e uma confiança que resplandecia a cada passo seu. Parecia que ele ensaiava o momento da sua despedida final e ela, agora, compreendia que isso tudo fazia parte do processo da jornada: deixar ir, ficar sozinha com ela mesma, refletir e incorporar os conceitos.

Estava curiosa para saber mais sobre as virtudes e também sobre quais seriam as meditações, mas sentiu que precisava espairecer um pouco a fim de se harmonizar antes de expandir o entendimento sobre os ensinamentos da manhã. Resolveu caminhar ao longo do rio, seu segundo mestre na jornada, e, à medida que andava, procurava gravar todos os seus movimentos e matizes, e também a música suave que era entoada sutilmente pelo roçar incessante de suas águas nas pedras. Os pássaros dourados a acompanhavam o tempo todo e, de vez em quando, um deles pousava em seu ombro, marcando presença e mostrando-se companheiro. A cada passo que dava, repercutia em si o encantamento pela jornada e sentia cada vez mais forte o objetivo decisivo de levar o coração para o dia a dia; queria com certeza absoluta ser uma acendedora de corações e sabia, em seu íntimo, que o encontro com sua missão iria, enfim, permitir-lhe descobrir o real sentido de sua vida.

Caminhou por mais alguns minutos, abraçando com o olhar a magnitude desse espaço encantador da natureza e, quando se sentiu recuperada, retornou à cabana, alimentou-se e pegou o caderno, sabendo que ali encontraria mais detalhes para poder trilhar com sabedoria o caminho do coração de forma pragmática. Inicialmente, havia uma explicação de cada Virtude do Coração; depois, a transcrição das meditações para o dia, que ela certamente iria realizar nesta tarde, ouvindo a voz ritmada e doce do Mestre.

PRÁTICAS DO CORAÇÃO – Quarta Verdade

AS OITO VIRTUDES DO ACENDEDOR DE CORAÇÕES

1. Autenticidade – refere-se à qualidade de viver a Verdade Pessoal, assumir a própria originalidade e expressá-las sem subterfúgios ou inseguranças. Conhecer-se profundamente, reconhecendo sombras e luz pessoal, amando-se pelo que é e explorando as possibilidades evolutivas de ser. Encontrar a própria voz interior e cantar sua canção para o mundo, com alegria de ser, realizando sua missão única e especial onde quer que esteja.

2. Altruísmo – refere-se a amar incondicionalmente ao próximo de forma pragmática, com genuína vontade de servir e ajudar, desapegado de recompensas. Desejar sinceramente levar felicidade aos outros, colocando o Bem coletivo como um dos focos principais de atenção e esforço.

Desenvolver compaixão e ser empático com as dores alheias, agindo para facilitar a dissolução de seus sofrimentos e dificuldades. Atuar com bondade e cortesia no dia a dia, surpreendendo a todos com sua dedicação.

3. Coerência – refere-se a ser o que fala; viver o que prega; não ter agendas escondidas; ser transparente em seu ser, agir e comunicar. Manter uma forma de viver que espelhe as Verdades do Coração, sendo exemplo de ética, justiça e amorosidade. Escolher vibrar nas frequências de sentimentos superiores o maior tempo possível, inundando o campo vibratório próprio e do entorno com energias curativas e expansivas.

4. Alegria – refere-se a irradiar alegria e positividade por onde passa; caminhar pela vida com radiância e entusiasmo, sendo um canal de estímulo para todos. Levar a vida com bom humor e espontaneidade, contagiando os ambientes com essas energias positivas. Acreditar no desfecho positivo; manter acesa a esperança em seu coração e no coração dos outros. Mostrar leveza, simpatia e ânimo.

5. 5. Gratidão Incondicional – refere-se a mostrar gratidão pelo que tem e vive, incondicionalmente, sem lamuriar. Reconhecer o valor de cada acontecimento e de cada pessoa que encontra, independentemente do que possam ter causado. Mostrar apreciação por todos os outros seres criados no planeta, agradecendo por tudo que contribuem em sua vida, lembrando sempre de expressar essa apreciação. Agradecer o que é bom e o que é aparentemente negativo, procurando aprender com cada situação. Fazer da gratidão um estado de ser.

6. Desapego – refere-se a aceitar incondicionalmente as pessoas, considerando a diversidade criativa do Universo e as diferenças, sem julgamentos desnecessários. Perdoar-se e perdoar ao próximo, libertando-se de mágoas e ressentimentos. Abrir mão do controle absoluto das situações e, sem resistir ou tentar manipular os resultados, acolher o novo e o difícil, confiando no Plano que existe para você, fluindo com a sabedoria universal e fazendo sua parte da melhor maneira possível no aqui e agora. Ser paciente, saber aguardar o tempo certo, com entrega e fé.

7. Humildade – refere-se a ser modesto, simples e dócil nos relacionamentos. Ter uma autopercepção realista, buscando sempre melhorar e aprimorar-se. Compreender que cada um tem um papel a cumprir no momento de virada da humanidade, por isso, ninguém é melhor do que ninguém; todos são importantes no processo evolutivo. Amar, honrar e manter como sagrado a si mesmo, aos outros e à Criação. Orgulhar-se do que é, sem beirar a presunção e a arrogância.

8. Coragem – refere-se a enfrentar os desafios com assertividade, confiando no poder do coração de tudo transformar. Saber insistir naquilo que vale a pena e ter força e sabedoria para desistir do que não serve mais para a própria evolução, independentemente do que outros fazem ou dizem. Ser ousado nos objetivos e sonhos, mostrando-se determinado e sabendo lutar pelo que acredita.

MEDITAÇÃO DE TRANSMUTAÇÃO DE SENTIMENTOS

Passo 1 – Conexão

Momento de quietude para acalmar a mente e alinhar-se com o Espaço Sagrado do Coração. Respire ritmadamente e procure relaxar a cada expiração. Permaneça assim por algum tempo, respirando e relaxando, e quando se sentir bem harmonizada leve o foco para o coração e mantenha-se por um tempo nessa conexão, entregando-se à sua energia e poder.

Passo 2 – Limpeza

Identifique algum sentimento estressante e tóxico que você percebe em seu coração e não serve mais para o momento. O que tem aí que precisa ser liberado?

Reconheça-o, respeitando-o, e entregue-o para a Mãe Terra, liberando e limpando seu coração. Repita esse processo quantas vezes sentir necessidade.

Passo 3 – Substituição

Depois de reconhecer e liberar a energia que não deseja mais abrigar em seu coração, pergunte a ele: que sentimento positivo e elevado você quer expressar agora? Traga esse sentimento para seu coração e mantenha-o ativado, entregando-se à sua energia. Sinta profundamente essa frequência em seu coração. Fique por algum tempo imersa nesse sentimento substituto regenerador; permaneça assim o quanto quiser, preenchendo seu peito e todo o seu corpo com essa energia positiva.

Passo 4 – Agradeça

Agradeça ao seu coração e faça algumas respirações mais profundas, trazendo sua atenção para o aqui e agora. Quando achar que está pronta, abra os olhos e, se assim desejar, escreva algo no caderno.

Observação: com o tempo, a prática repetida dessa técnica para substituir um sentimento trará realmente uma transformação no sentir.

TÉCNICA: PERGUNTE AO CORAÇÃO

Esta técnica inicia-se também com os três primeiros passos da Técnica Básica do Espaço Sagrado. Antes de iniciar, em primeiro lugar, escolha uma pergunta para fazer ao coração sobre uma situação pessoal. Faça uma pergunta objetiva e direta, como os exemplos: *diante dessa situação, qual a resposta mais adequada e amorosa para o momento? O que você tem a declarar para mim neste momento ou diante dessa situação?*

1. Feche os olhos. Coloque sua atenção na respiração, procurando respirar de forma ritmada e suave, sem forçar, buscando estabelecer um ritmo harmonioso entre a inspiração e expiração. A cada expiração procure relaxar cada vez mais e harmonizar-se. Inspire, expire e relaxe. Permaneça com essa respiração algum tempo, até se sentir plenamente relaxada, num ritmo que seja confortável para você.

2. Leve a mão ao centro do peito e focalize aí sua atenção; tente sentir as batidas do coração e a energia e o poder que emanam desse Espaço Sagrado. Entre em conexão com o seu coração, entregando-se totalmente a ele e à sua vibração excepcional: você e seu coração; seu coração e você em total intimidade, em total comunhão. Nada mais importa neste momento. Reconheça o coração como o seu grande Mestre e sintonize-se com ele.

3. Permaneça assim por algum tempo, sentindo a forte energia que emana deste Espaço Sagrado sutil. Visualize essa energia com uma cor rosa de amor incondicional e deixe que ela inunde seu peito, irradiando com imenso poder. Entregue-se a essa experiência de conexão e encontro especial com o seu coração e seu imenso amor.

4. Depois de algum tempo com essa conexão, comunique a situação e faça sua pergunta. Repita esse processo por duas ou três vezes, se achar necessário. Depois ouça, sinta, aguarde por um tempo, sempre em conexão e totalmente entregue, sem forçar respostas. O coração pode lhe falar de várias maneiras, por sensações, visões, palavras etc. Mantenha-se conectada com a energia do coração pelo tempo que sentir necessidade, sem forçar a resposta, apenas sentindo.

5. Abra os olhos devagar, pegue o caderno e escreva ou desenhe o que vier, sem julgar. Apenas deixe fluir a escrita ou mesmo um desenho e, depois, reflita sobre o que escreveu.

Lisa iniciou sua prática pela leitura das Virtudes. Após ler a explicação de cada uma, percebeu que algumas delas, como a coragem e a autenticidade, entre outras, já vinham sendo testadas em si nesta jornada, retirando-a de sua zona de conforto para que pudesse superar-se a cada dia. Certamente, o caminho para viver uma vida com coração, pragmática e transformadora, dependia basicamente, como enfatizara o Mestre, de uma escolha pessoal de buscar sempre melhorar na trilha de *Saber*, *Ser* e *Servir*.

— Manter atenção constante – disse para si mesma! Sabia que haveria momentos em que sentiria alguma dificuldade, porém, sentia-se animada para, independentemente do que os outros estivessem fazendo, percorrer essa trilha do coração. Com determinação, decidiu estudar mais profundamente cada uma dessas virtudes um pouco mais tarde, para apreender melhor suas qualidades e refletir sobre a presença delas em seu dia a dia. Certamente havia ali algumas às quais ela precisaria dar redobrada atenção e aprimorar um pouco mais. Resolveu, então, mais tarde, anotá-las e traçar algumas metas para si, com o desejo de incorporar definitivamente essas virtudes em sua vida.

Satisfeita com essa sua decisão e comprometimento, pegou o gravador e entregou-se à voz do Mestre, que a conduziu harmoniosamente pelas duas meditações. Ao fazer a primeira, Lisa sentiu-se leve e purificada. Mais ainda, sentiu-se feliz de saber que tinha ali uma poderosa ferramenta, muito simples, para transformar sua vibração a qualquer hora que desejasse, sem negar nenhum sentimento, e poder abraçar novas frequências mais benéficas para seu ser. Logo em seguida, resolveu fazer a segunda meditação e perguntou ao seu coração o que ele tinha a lhe dizer sobre sua missão. Entregou-se às sensações que vieram e, ao pegar o caderno, foi levada a desenhar algo que não entendeu o porquê, mas que muito a impressionou – uma imponente águia, com asas abertas, parecendo estar em um longo voo. E após o desenho, escreveu uma afirmação:

Olho a vida do alto e conduzo pessoas a realizar um voo especial – o voo do coração – que percebe o imperceptível e vê o que não está explícito.

Voltando ao aqui e agora da cabana, percebeu que a tarde já estava alta e o sol começava a descansar no horizonte. Não sentira o tempo passar; estava em fluxo total com o Universo e, nesse estado, o tempo ganhava outra amplitude e sensação. Sem pressa, reviu cada momento desse dia e agradeceu ao Criador a oportunidade de aprender o caminho prático para ser uma Acendedora de Corações. Banhou-se, alimentou-se e resolveu refletir sobre as virtudes. Determinou aquelas às quais daria mais atenção e traçou algumas metas para sua volta. Estava decidida a trabalhar com afinco para a própria transformação.

Seus olhos foram atraídos pelo desenho da águia no caderno. – Por que a desenhara? Por que a afirmação sobre o voo do coração? – perguntou-se. Sabia que esse desenho significava algo importante e, conhecendo já o processo mágico desta jornada, tinha certeza de que saberia seu significado muito em breve. Recolheu-se para dormir, mergulhando num sono profundo e regenerador até o dia seguinte, dia esse que, por fim, segundo lhe dissera o Mestre, conheceria sua Missão de Alma.

CAPÍTULO 5

O Grande Encontro

A incomparável beleza do dia já se anunciava com plenitude quando Lisa saiu para aproveitar o amanhecer do lado de fora da cabana. O frescor da manhã, a costumeira cantoria dos pássaros, correndo de um lado a outro do céu, o som das águas beijando de mansinho as pedras da margem, as quaresmeiras agora completamente floridas e os pequenos animais fazendo arruaça entre as árvores e pedras – tudo isso era um presente da Mãe Natureza para Lisa, e ela se espantava cada vez mais com o fato de ver que, hoje em dia, atropelados pela corrida diária, muitos não paravam para apreciar os encantos dessa natureza terrestre tão espetacular.

Sempre que observava aquele paraíso, Lisa sentia que sua alma se iluminava e seu corpo se revigorava com as energias especiais que ali vibravam. Vivera sempre muito conectada à natureza, buscando conhecer suas árvores, plantas e flores, e maravilhando-se com sua diversidade e beleza extraordinárias. Nessa manhã em especial, vivenciava o êxtase de poder conectar-se à natureza já num outro nível de sentir, absorvendo com uma profundidade expandida a força poderosa da vida que pulsava à sua volta. Aproveitando essa permissão divina de poder estar naquele recanto encantado da sua cabana, do rio e do bosque à volta de tudo, ela fechou os olhos, conectou-se aos sons e aos ruídos variados, e deixou-se preencher com as mensagens ocultas da natureza que, agora, após toda esta jornada, ela já conseguia compreender com exatidão. A natureza lhe falava, respondia e a ensinava constantemente.

Desceu da varanda e caminhou devagar até uma pedra grande e solitária à beira do rio, sentou-se e deixou-se ficar vendo a água passar com rapidez e alegria, absorvendo a sabedoria do seu caminhar incessante. Nesse momento, Lisa sentia que precisava desse amigo silencioso um pouco mais. Sempre tivera uma relação muito mágica com os rios e, com esse em especial, havia construído uma intimidade e uma parceira sem iguais, que muito contribuíram para seu aprendizado nesta jornada transformadora. Ficou ali tempo suficiente para compartilhar com entusiasmo tudo que aprendera até então e para lhe falar de alguns planos que tinha para seu regresso. Agradeceu sua presença mansa e constante nesses dias que passara na cabana, já sentindo em seu coração uma saudade antecipada, pois pressentia que aquela seria uma despedida. Desceu então da pedra e esticou a mão para dentro das águas, afagando com esse toque carinhoso o companheiro especial, querendo dar-lhe um cumprimento de adeus.

Nesse exato momento em que se despedia do rio, ouviu o Mestre que a chamava com suavidade, certamente para não interromper bruscamente a sua entrega ao rio. Lisa lançou um último olhar às águas cristalinas, que pareciam responder ao seu sentimento de amor, e voltou então na direção da cabana para encontrá-lo. Sem hesitar um minuto, ela o acompanhou nesta que seria a caminhada para o encontro da quinta e última Verdade do Coração.

Dessa vez, o Mestre rumou por um caminho diferente dos dias anteriores, deixando para trás o rio e embrenhando-se no bosque por uma trilha repleta de folhas que estalavam a cada passada dos dois, criando um compasso mágico para esta caminhada matinal. O ambiente de rara beleza, pleno de árvores, arbustos e flores por todos os lados os energizava e eles avançaram rapidamente, sem parar.

Em um dado momento, o Mestre parou de andar e se dirigiu à Lisa com a amorosidade de um verdadeiro mestre:

— Estamos perto da nossa próxima parada. Para poder usufruí-la plenamente, você precisa viver uma experiência que começa aqui e agora.

Dizendo isso, o Mestre retirou uma venda de um dos bolsos de sua veste e a colocou com extremo cuidado em Lisa, pedindo-lhe que confiasse nele, pois ela seria conduzida com os olhos vendados até um lugar muito especial, onde poderia então receber a Quinta Verdade.

— Não se preocupe com o caminho: o que lhe peço é que você se entregue totalmente a essa experiência, viva intensamente este aqui e agora, percebendo tudo à sua volta por meio dos outros sentidos e, principalmente, abrindo mão do controle, confiando em mim e no processo de sua jornada pessoal. Deixe-se conduzir pela minha mão, sem resistir.

Esta não era uma vivência tão fácil para Lisa, porque ela sempre fora muito visual e com uma necessidade muito grande de controle das situações. Tinha dificuldade de desapegar e deixar fluir, e, coincidentemente, fora exatamente o desapego uma das Virtudes destacadas por ela para trabalhar em si e aprimorar. Porém, confiante e já acostumada com as provas e os ensinamentos inseridos na jornada, Lisa deixou-se vendar e permitiu-se guiar pela mão firme do Mestre.

Sem o sentido da visão, os outros sentidos se aguçaram e ela foi totalmente tomada por cheiros, sons e sensações do bosque, e pelos movimentos que pressentia à sua volta. Sentia o sol da manhã que se esgueirava entre as árvores tocando-lhe de leve a face e também percebia a suave carícia da brisa, que soprava de mansinho entre os espaços do bosque. Apesar de inicialmente se sentir assustada com a experiência proposta pelo Mestre, caminhando e pulando alguns obstáculos do caminho sem ter controle das situações, ela agora não resistia e deixava-se guiar, vivendo intensamente a experiência. Esse processo durou algum tempo e ela percebia que quanto mais se entregava, mais o caminhar se tornava fácil. E foi com essa entrega que neste momento teve a perfeita sensação de um estado de fluxo com a mão do Criador. Era uma sensação de bem-aventurança, de atemporalidade, de liberdade total. Lisa não desejava controlar nada; apenas vivia a qualidade do instante, certa de que havia uma Consciência Superior que a guiava pela condução de seu Mestre.

Nesse estado de fluxo, começou a ter sucessivas intuições, de uma forma que não saberia explicar. Sua mente dava verdadeiros saltos perceptivos e ela começou a ter insights variados sobre o seu futuro e sobre o futuro do mundo, percebendo-se acolhida por energias amorosas e criativas que a impulsionavam delicadamente para uma ação diferenciada e altamente curativa no planeta. A sensação era de que o Criador conversava com ela, revelando-lhe segredos importantes sobre sua vida futura. Com esses insights reveladores, tudo passava a fazer maior sentido agora e não lhe restavam mais dúvidas – tinha, sim, uma missão a cumprir com a humanidade e com o planeta, e forças universais a acolhiam e guiavam para a concretização plena do que ela deveria realizar na Terra.

Depois de um tempo caminhando em silêncio e vivenciando todas as sensações e saltos perceptivos que essa experiência vendada lhe proporcionava, Lisa começou a notar que o cenário estava mudando, porque já não sentia as energias tão fortes do bosque denso: os aromas passaram a ser mais leves, os ruídos mais suaves, os movimentos menos perceptíveis. Sentia também uma claridade maior, que parecia denotar a presença de espaços amplos e mais abertos à frente. Sua curiosidade só aumentava, mas ela apenas se deixava conduzir, sem nada perguntar, sem resistir, experimentando o êxtase de uma vida que fluía e cocriava com a mão certeira do Universo.

Interrompendo-a delicadamente em suas sensações e pensamentos, num dado momento o Mestre parou de caminhar e disse:

— Agora chegamos; prepare-se, vou retirar sua venda.

Lisa sentiu o corpo estremecer com a antecipação do que iria encontrar agora. E perguntava-se: *o que a esperaria depois da experiência tão profunda que acabara de viver? Que local seria esse que o Mestre dissera antes que era especial para ela?*

Com redobrado cuidado, o Mestre retirou a venda vagarosamente, pedindo-lhe que abrisse os olhos aos poucos para se acostumar com a claridade. Assim ela fez e, quando conseguiu divisar onde estava, não foi capaz de dar mais nenhum passo, tal foi a sua surpresa diante do que via. O novo cenário que tinha à sua frente era um lugar muito conhecido seu que, em suas meditações, ela sempre visualizara como seu local de segurança e revelações; um espaço para onde corria com sua imaginação quando sentia necessidade de refúgio e paz, ou quando buscava respostas para seus desafios. Lá estava seu cenário favorito, criado com perfeição nesta jornada encantada, exatamente como o concebera: o imenso lago de tom impressionantemente azul-turquesa, calmo e silencioso, com águas tão transparentes que deixavam ver o fundo nas partes mais rasas. Assentado majestosamente entre morros medianos cuja vegetação densa de tons verdes, marrons e alaranjados brilhava ao sol, era todo ele rodeado em suas margens por pinheiros altaneiros que exibiam majestosamente suas alturas e se espelhavam nas águas do lago com vaidade, como narcisos convencidos. A jornada repetia a sua criação imaginária com todos os detalhes, mostrando até mesmo em um extremo do lago a surpresa do pequeno colar inesperado de ameixeiras em flor, com suas cores brancas e rosadas, que Lisa havia, por amá-las muito e com sua liberdade de criação, inserido na paisagem de suas meditações para completar a beleza de seu local de refúgio.

Ainda sem poder se mexer de tanta emoção e surpresa, percebeu também as pedras de tamanhos médios e grandes que se espalhavam aqui e ali como guardiãs ao longo de todo o contorno do lago, e, para seu espanto, não faltavam também as variadas cascatas que deixavam escorrer suas águas cristalinas e reluzentes do alto dos morros, alimentando o maravilhoso lago. Para completar a perfeição dessa reprodução tão fiel, lá estavam eles também, os pequenos animais seus amigos, que adicionavam maior vida a tudo que via, os quais, em sua criação imaginária, sempre trouxera para o cenário: cervos, esquilos, veados, coelhos selvagens, castores e os seus queridos patos, que nadavam silenciosamente, deslizando pelas águas calmas. E coroando tudo, um céu límpido e reluzente nessa hora, que deixava o lago com um brilho especial e trazia uma temperatura cálida ao ambiente.

Era, sim, seu lugar mágico de meditações, sem nada faltando: a mesma paisagem deslumbrante e acolhedora; os mesmos pequenos animais; a mesma cor resplandecente, a mesma energia, os mesmos sons, a mesma harmonia inigualável. Ao ver tudo isso, Lisa não pôde deixar de, mais uma vez, sentir-se profundamente grata pelas experiências que estava vivendo; tudo era muito especial nesta jornada que sempre a surpreendia, pensou. De novo, confirmou: magia e mistério, essas eram as palavras básicas desse processo.

Saindo de seu encantamento, sem nem mesmo falar com o Mestre, que se mantinha em silêncio a seu lado, ela não resistiu e começou a caminhar ao longo do seu lago preferido, mostrando uma alegria transbordante, ainda sob o efeito de se ver nesse seu lugar de coração. Percebeu agora os pássaros dourados que se aproximavam reluzentes ao sol e pareciam tão felizes quanto ela, rodopiando barulhentos sobre o lago. Um pouco à frente de onde estava neste instante, divisou na beira do lago a pedra onde, em suas meditações, sempre se sentava para refletir e receber intuições e orientações. Andou apressada até lá e sentou-se imediatamente, fechando os olhos, repetindo o que sempre fazia. Ainda de olhos fechados, sentiu a presença dos pássaros pousando na pedra, decerto vindo lhe fazer companhia para poderem participar deste momento tão especial para ela. Ao mesmo tempo, sentiu também a presença do Mestre, com sua energia que se ligava diretamente ao coração de Lisa.

Num impulso, começou a entoar o mantra do coração, no que foi imediatamente acompanhada pelos pássaros. Dessa vez, para seu deslumbramento, ouviu também a voz do Mestre que, com tom forte e grave, cantava com eles as palavras sagradas do mantra: *tudo certo, tudo perfeito, tudo tem coração!* O som reverberava alto por todo o local, preenchendo o espaço com uma poderosa vibração que podia ser sentida plenamente por ela. Que experiência emocionante! Que sensação maravilhosa soltar a voz nesse seu espaço do coração, com seus grandes amigos nessa jornada.

Repetiram o mantra do coração várias vezes, soltando a voz com força e alegria, e ela entregou-se totalmente a este instante, deixando-se ficar ali por um bom tempo, absorvendo mais uma vez a energia poderosa e mágica dessas palavras. Quando sentiu que era o momento, parou de entoar o mantra e todos pararam também, deixando o silêncio tomar conta do local por alguns segundos.

Lisa, então, abriu os olhos devagar e olhou agradecida para o Mestre que, imediatamente, com imenso carinho e suavidade, começou a falar:

— Este é seu lugar do coração, seu paraíso meditativo, certo? Este cenário recriado para você tem um significado especial nesta jornada e ele só se tornou possível após você vencer a prova da venda no bosque. Apesar de sua energia naturalmente controladora, você confiou no processo, se entregou, não resistiu e acabou por entrar em fluxo criativo com o Criador, estado esse que só pode ser alcançado quando os seres humanos abrem mão do controle. Foi uma grande prova, que nem todos conseguem vencer; é preciso muita coragem e, especialmente, profundo desapego. Saiba, Lisa, o desapego é um dos grandes aprimoramentos que os indivíduos precisam encarar, talvez o maior de todos. O ser humano sempre tenta controlar e manipular, ele mesmo, situações, relacionamentos e acontecimentos, considerando-se o grande e poderoso maestro de tudo. É claro que ele tem uma participação em tudo que acontece, você já sabe disso, porém as muralhas da materialidade não permitem à maioria dos seres humanos perceber que existe uma força cósmica criadora invisível, uma inteligência muitas vezes superior à do ser humano, que maneja as complexidades e a evolução de tudo em nosso Universo. Você já sabe também que essa força cósmica, que muitos não consideram, está à sua volta e dentro de si ao mesmo tempo, e o ser humano precisa permitir-se reconhecer e entregar-se à sua sabedoria, que é alinhada com o Plano evolutivo para a Terra. Vocês, humanos, com o nível de inteligência que possuem atualmente, não conseguem compreender tudo o que acontece, pois a grandiosidade da Criação está muito além do que podem conceber ou controlar apenas com a racionalidade e os poderes mentais pessoais. Contudo, se souberem se entregar por meio do desapego a essa grande força evolutiva, fazendo a sua parte de Bem e cocriando com ela, tudo acontecerá para melhor. Esse é o profundo significado da palavra cocriação, que vocês ouvem tanto falar hoje em dia. Como me referi há pouco, nem sempre vocês vão poder entender as vontades e os porquês de certos acontecimentos, mas quanto mais liberarem a inteligência intuitiva do coração e reduzirem o apego, mais os caminhos perfeitos se mostrarão e as ideias adequadas aos novos tempos frutificarão.

— É importante ressaltar – ele complementou – que desapegar não é desistir ou não fazer nada; significa que, independentemente do acontecimento ou do resultado, você confia, não resiste e procura entender a mensagem do Criador para seu crescimento. Muito interessante é que, neste momento de rupturas e urgência evolutiva, somente quando o ser humano aprender a desapegar e entregar-se ao Amor, cocriando com o Criador, ele poderá receber permissão de ter revelada a sua Missão de Alma, a qual é imprescindível para realinhar o agir do ser humano aos planos para a Terra. Aja e faça o seu melhor, sempre alinhada com as orientações do coração, Lisa; depois, desapegue, confiando no Plano do Criador.

Enquanto o Mestre falava, Lisa confirmava para si mesma a necessidade de treinar cada vez mais o desapego, de mostrar confiança total no processo evolutivo. Sabia que estava próximo o momento de saber um pouco mais sobre o sentido real de uma Missão de Alma e, em especial, de receber a revelação de qual era especificamente sua missão para este aqui e agora na Terra. Mas aprendera a não ter pressa e ficou ali, sentindo o êxtase de estar junto a essa bela pintura da natureza, ao lado de seu Mestre e de seus pássaros amigos do coração. Foi nesse estado de introspecção e felicidade plena que ela começou a ouvir novamente a voz do Mestre, que a chamava de volta:

— Venha, Lisa, vamos nos sentar naquele pequeno deque rústico ali adiante. É lá que você vai receber a Quinta Verdade do Coração,

Sentaram-se na ponta do pequenino deque de madeira que avançava delicadamente suas estacas pelo lago azul. Ali, bem próxima às águas azuladas, Lisa sentiu novamente o poder mágico desta jornada, que produzia cenários e experiências que a faziam crescer e purificar seu espírito. Aproveitou para conversar um pouco com o Mestre sobre o que aprendera até então e sobre a necessidade que detectara, ao ler as Virtudes do Coração, de treinar exatamente a virtude do desapego em sua vida. Nada vinha por acaso nesta jornada, pensou. O Mestre, então, disse-lhe que havia ainda algumas coisas que desejava lhe dizer:

— A Natureza possui uma inteligência que funciona sem esforço e sem resistência – ele pontuou. – É um funcionamento com uma abordagem não linear, holística e alimentadora da vida, e, como já lhe falei algumas vezes aqui, sua abrangência e significado não são sempre compreensíveis pelo ser humano em sua terceira dimensão de percepção. Quando sabe desapegar e reduzir a necessidade de controle, e também vibrar nas frequências superiores de dimensões mais elevadas, você permite ao Universo trabalhar mais facilmente a seu favor, sem barreiras tóxicas, sem vitimização, sem frequências impeditivas, e entra no estado de fluxo criativo com a Matriz Criadora, exatamente o que você experimentou no bosque. Aí então a Matriz consegue lhe sussurrar mais facilmente as orientações para criações e escolhas perfeitas, e então ideias, desejos, circunstâncias, situações e bons sentimentos fluem sem esforço para sua vida. Ou seja, Lisa, como já foi falado tantas vezes aqui, tudo depende de seu estado dimensional vibratório, das escolhas que você faz.

— Mas, ressalto – ele falou demonstrando segurança absoluta na voz – quando, no entanto, o indivíduo procura ter controle sobre todas as coisas e pessoas, lamuria diante de certos acontecimentos, resiste e deseja sempre vencer a qualquer custo, acreditando ser o único e poderoso diretor da própria vida, sua energia interfere negativamente na ajuda e participação criadora da Matriz, e ele não consegue fluir harmoniosamente com suas informações evolutivas. Então, da mesma forma que os sentimentos, os pensamentos, a atenção, as palavras e as intenções de baixa frequência, o apego também impede a sábia direção do Criador em sua vida. É algo muito importante para ser assimilado e, por você ter uma característica um tanto controladora, a qual você mesma detectou, precisava passar pelo que passou para poder receber e entender bem a Quinta Verdade, que fala sobre Missão de Alma.

— E onde está a Quinta Verdade? – Lisa se apressou a perguntar, antecipando com alegria o que essa Verdade lhe diria.

— Ela está sendo trazida pelos pássaros dourados. Eles são os grandes arautos dessa Verdade e você a receberá aqui mesmo, junto ao seu lago tão amado.

Lisa percebeu os pássaros se aproximando devagar, alinhados e segurando em seus bicos o pergaminho da Quinta Verdade. Chegaram mais próximos agora e se equilibraram no ar bem junto a ela que, emocionada com esse ato de amor dos pássaros, estendeu a mão e segurou o pergaminho, começando a ler avidamente seu conteúdo:

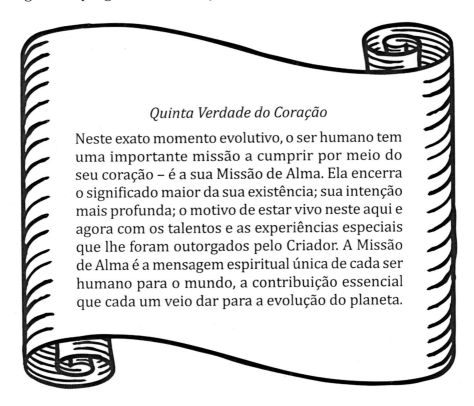

Quinta Verdade do Coração

Neste exato momento evolutivo, o ser humano tem uma importante missão a cumprir por meio do seu coração – é a sua Missão de Alma. Ela encerra o significado maior da sua existência; sua intenção mais profunda; o motivo de estar vivo neste aqui e agora com os talentos e as experiências especiais que lhe foram outorgados pelo Criador. A Missão de Alma é a mensagem espiritual única de cada ser humano para o mundo, a contribuição essencial que cada um veio dar para a evolução do planeta.

O Mestre a observava enquanto lia, com um olhar de total conexão amorosa. Percebia a emoção de Lisa e pediu que ela lhe falasse algo sobre o que lera.

— É difícil descrever o que estou sentindo agora; é tudo tão belo e profundo. Afinal, já conheci e vivenciei as quatro Verdades anteriores e todas me trouxeram expansão de coração e alma, e com elas muitas emoções diferenciadas. Neste momento em que eu confirmo que tenho, sim, como todos os humanos, uma contribuição especial para realizar no grande projeto divino de salvação da Terra, a felicidade que sinto é imensa; minha alma parece brilhar mais, trazendo para meu coração uma sensação de verdade existencial, significado e razão de ser. E o mais emocionante é que recebi essa Verdade sobre a Missão de Alma no meu lago do coração, na minha paisagem meditativa preferida, e trazida pelos pássaros dourados, meus amados companheiros de jornada. Mas ainda me assusta um pouco essa enorme responsabilidade de participar decisivamente da construção de um novo mundo.

— Não se assuste, Lisa – ele prontamente a acalmou –, você evoluiu na sua jornada, venceu os desafios, assimilou as novas informações, entregando-se e desapegando, por isso, quando receber a descrição de sua missão específica, tudo já estará preparado energeticamente para que você a cumpra. Mas, antes, é preciso entender muito bem o que significa Missão de Alma e vou aprofundar um pouco esse conceito para você. A Quinta Verdade lhe diz que a Missão de Alma é o propósito fundamental do ser humano, a essência da sua verdade existencial, seu legado para esta vida neste exato momento evolutivo. A Missão de Alma representa o que você veio ensinar ao mundo, seu grande objetivo de Luz e, importante ressaltar, pode ser realizada a todo momento, onde quer que esteja, pois ela tem a ver com seu ser essencial, sua energia criadora central. Por isso, independentemente da função ou cargo que você ocupar, poderá sempre cumpri-la, porque ela não depende de um lugar específico, nem de uma função ou título, nem de posição social; ela é você em sua integridade espírito *versus* matéria atuando com total verdade existencial, cumprindo seu servir à humanidade. A Missão de Alma atua, também, como um elo unificador, direcionando positivamente suas escolhas, decisões e posturas no dia a dia; quando se compromete com a missão, ela age como um ímã que magnetiza sincronicidades, experiências e aprendizados, exigindo o mínimo de desperdício de energia, e lhe traz sempre de volta para o caminho da evolução, impedindo que você se desvie.

— Nesse momento em que vocês vivem agora no planeta Terra – ele acrescentou –, a Missão de Alma guardada pelo coração sempre expressará uma contribuição para a evolução e a transformação do mundo. Quando você a reencontra e a realiza, ela proporciona a sensação de integridade plena que você já expressou antes. Além disso, ao tomar conhecimento de sua Missão de Alma, uma alegria infinita se apodera de seu ser e suas ações no dia a dia espelham essa alegria, contagiando outros. Você também sentirá imensa coragem em perseguir seus objetivos de Luz, com assertividade e segurança, e será guiada diretamente, sem empecilhos, pelos caminhos que precisa percorrer. Assim, a partir do momento em que você tiver a revelação da sua missão específica, comprometa-se e fique atenta à comunicação do Criador, a suas mensagens sutis, a tudo que lhe acontece. Ele lhe falará de maneiras diversas, por meio de intuições, acontecimentos, sincronicidades, revelações e até mesmo por aprimoramentos, para que você esteja sempre conectada à sua contribuição específica para a humanidade. Não há tempo a perder, Lisa, por isso muitas pessoas estão ouvindo o chamado do coração e realizando a jornada.

— Mas... Ainda estou me perguntando: qual é a minha missão específica? Onde posso encontrar esse enunciado sagrado para mim?

— Você a receberá logo, logo. Consegue ouvir um canto no ar?

Lisa apurou os ouvidos e, sim, começou a perceber um som ao longe que parecia de pessoas entoando uma canção. Apurou-se ainda mais e, surpresa, constatou que era um canto que colocava melodia nas palavras do mantra dos pássaros, criando uma música suave que falava de Luz e de coração.

Tudo certo, tudo perfeito, tudo tem coração!
O mundo acordou, a Luz aumentou
O tempo de expansão chegou!
Tudo certo, tudo perfeito, tudo tem coração!

Espantada com a quantidade de vozes que agora conseguia ouvir, ela perguntou intrigada:

— O que é isso, Mestre? Não estou sozinha nesta jornada?

O Mestre nada respondeu, apenas sorriu e falou que deveriam caminhar na direção desse canto de Luz. Levantaram-se rapidamente e andaram alguns minutos, circulando o imenso lago azul-turquesa, sempre inebriados pela beleza sem igual desse local deslumbrante. Aos poucos, à medida que se aproximavam mais do som do canto, Lisa conseguiu ver nitidamente entre os pinheiros no extremo do lago e rodeado pelas ameixeiras em flor um imenso templo branco circular, com um teto abobadado de cor dourada, que refulgia ao sol exalando imponência e forte magnetismo. O cântico agora reverberava bem alto pelo espaço e Lisa se sentia cada vez mais curiosa para ver o que estava acontecendo ali.

Logo chegaram à entrada do templo que, de perto, parecia ainda mais belo e imponente, e o Mestre, abrindo sua imensa porta dupla, deu passagem para que Lisa entrasse. Assim ela fez e, já no interior do templo, o que descobriu só aumentava a surpresa e o encantamento que sentira durante toda a jornada: em uma grande sala ovalada, de um branco imaculado, havia uma roda de pessoas cantando e dançando, pessoas que ela, surpresa e emocionada, aos poucos foi reconhecendo: eram mestres, professores, parceiros, autores e amigos que havia encontrado em sua vida ao longo dos anos e tinham feito enorme diferença na sua trajetória. Lisa lembrava-se bem agora: todos eles eram pessoas que, como ela, buscavam o significado da existência, e dedicavam-se a servir e cuidar do próximo.

Quando a viram, pararam de cantar e começaram a bater palmas, ostentando sorrisos largos e vindo abraçá-la. A emoção era tanta que Lisa não conseguiu se conter, e ria e chorava ao mesmo tempo, transbordante de felicidade. Entregou-se aos abraços carinhosos de todos, que a convidaram a dançar e cantar também. Ela queria fazer muitas perguntas, mas, novamente, o desapego e a entrega floresceram dentro de si e, sem tentar controlar ou entender o que acontecia, iniciou com eles uma dança mágica, deixando que seu corpo se enchesse de sensações de prazer e enlevo. Após algum tempo, o Mestre interrompeu a dança e dirigiu-se à Lisa:

— Você os reconhece de sua trajetória de vida, não é mesmo? Esses são seus Irmãos de Luz, sua Família Cósmica, que também escolheram atravessar o Portal e dedicar-se à jornada do coração, cada um com uma missão especial. Outros grupos já passaram por aqui e já estão atuando na realidade cotidiana, cumprindo suas missões. Sua hora de despertar, como a de todos que estão aqui, chegou. Vocês são os Acendedores de Corações; escolheram este caminho para contribuir no processo de evolução do planeta. Outros escolheram e escolherão outras jornadas; existem muitas formas de participar da cocriação do novo mundo, mas a de vocês é o Caminho do Coração Espiritual. Como você, seus Irmãos de Luz chegaram aqui após suas jornadas próprias, vencendo os desafios e assimilando as lições específicas para o salto de cada um.

Lisa estava realmente muito emocionada; sentia-se feliz em revê-los e em saber que eram parceiros na escolha de atravessar o Portal e se tornar Acendedores de Corações. Recuperando-se da emoção, já estava pronta para começar a fazer as inúmeras perguntas que não queriam calar em sua mente, quando percebeu que todos eles carregavam no pescoço o colar com o pendente de coração que ela havia recebido em seu sonho. Pensou extasiada: simplesmente incrível! Sonhara exatamente com esse mesmo colar! E agora constatava também que o salão do templo e todo o contexto que vivia neste momento repetiam o que vivera naquele sonho tão maravilhoso, porém tão enigmático. Mais uma vez, a jornada trazia magia e mistério para serem vivenciados.

Foi interrompida em suas constatações por um brilho especial que começava a preencher o salão e viu seus Irmãos de Luz se voltarem para a porta de entrada, fazendo uma respeitosa reverência. Direcionou seu olhar para lá e viu, maravilhada, um Ser de imensa Luz que caminhava em sua direção, emanando tal radiância que ela mal conseguia divisar suas feições; ela mais o sentia do que o via e seu coração estava disparado, parecendo querer saltar do peito. Era tal o calor e o amor que a penetravam, que ela não conseguia se mexer, e deixou-se ficar ali em êxtase, aguardando o que ia acontecer, totalmente tomada pela sua presença que só podia ser descrita como divina.

Diante dela, esse Ser Divino olhou-a com o olhar mais benevolente que ela já vira e, para sua surpresa, materializou um colar dourado em suas mãos e o pendurou em seu pescoço, dizendo-lhe amorosamente as palavras: *"Feliz retorno! Bem-vinda de volta ao seu Lar"* – exatamente as mesmas palavras do sonho. Depois, desapareceu, deixando na sala a vibração intensa da energia que irradiara e, em Lisa, uma transbordante felicidade pelo presente inesperado.

Lisa custou um pouco a se recuperar da profunda experiência de estar tão próxima desse Ser iluminado e receber das mãos dele o seu colar. Após alguns segundos de inércia e encantamento, retirou-o do pescoço, querendo vê-lo melhor, e constatou que ele repetia exatamente o colar dourado com o coração incrustado que recebera no sonho e que seus Irmãos de Luz também usavam. Ou seja, a experiência que acabara de viver reproduzia fielmente o que vivera no sonho. Num insight intuitivo, compreendeu, então, o significado de toda essa experiência e das palavras do Mestre de Luz: ela estava de volta à sua família eterna, e esse colar representava o elo espiritual entre todos e o receptáculo da força que reverberava nessa Família de Luz.

Sem poder esperar mais, num impulso que vinha de seu coração, e antecipando o que estaria para ver, virou então a medalha e, com imensa emoção, acompanhada pelo olhar amigo de todos, percebeu que nesse lado havia uma inscrição, a qual ela leu imediatamente, sabendo que ali estariam as palavras que, o tempo todo da jornada, esperara em seu íntimo encontrar:

Missão de Vida – Acendedora de Corações

Ser arauto das Verdades do Coração Espiritual para a evolução do planeta, despertando corações e ajudando pessoas a se sintonizar com as novas frequências evolutivas do Plano Divino para a Terra, tendo como base de ação o pragmatismo do coração e o Amor Incondicional.

Lisa leu e releu essas palavras inúmeras vezes, observada amorosamente por todos os presentes e pelo Mestre, que, após algum tempo, lhe falou:

— Essa é sua Missão de Alma, sua mensagem de Luz para o planeta. Você acenderá corações, libertando seu poder e sua sabedoria espiritual para facilitar o salto dimensional evolutivo de muitas pessoas, e também as ensinará a levar para o dia a dia as Verdades do Coração e a incorporar as Oito Virtudes. É uma linda missão, Lisa, e você não precisará despender nenhum grande esforço para encontrar essas pessoas; elas lhe serão enviadas pelo Criador e serão reconhecidas imediatamente por você. Parabéns, você conseguiu reencontrar sua verdadeira identidade e serviço à humanidade. É hora de celebrar com todos os peregrinos desta Jornada do Coração!

Lisa não conseguia conter todos os sentimentos que ardiam ao mesmo tempo em seu peito. Seus olhos, marejados de lágrimas que vertiam copiosamente, expressavam um misto de gratidão, alegria, êxtase, reconhecimento e profundo amor. Agora tudo fazia mais sentido ainda; agora ela entendia o porquê de ter sido sempre em sua vida direcionada para estudos, parceiros e Mestres que lhe ofereciam grandes ensinamentos sobre a Nova Era e sobre o coração. Compreendia também nitidamente por que sua vida tinha sempre privilegiado certos temas especiais que falavam de Luz, e por que seus desafios mais difíceis haviam sido canais de grandes aprendizagens e aprimoramentos, os quais a levaram sempre a escolher o caminho da espiritualidade e da fé. Conseguia agora divisar com clareza o plano do Criador para sua vida, e essa constatação trouxe-lhe uma imensa paz e harmonia interior.

O momento era, sim, como dissera o Mestre, de celebrar esse grande reencontro! Logo todos estavam dançando e cantando novos cânticos de amor e Luz, comemorando a graça de estarem todos reunidos ao final dos momentos tão especiais vividos por cada um nessa incrível jornada. Lisa os acompanhava com uma alegria nunca antes sentida tão plenamente; rodopiava com fluidez e êxtase, totalmente entregue ao ritmo e às palavras das melodias.

Já era noite quando todos se recolheram a seus quartos dentro de templo, cansados, porém, plenamente realizados e orgulhosos. Lisa adormeceu ainda sob a indescritível emoção desse dia que lhe trouxera a definição de sua Missão de Alma e dormiu pesadamente para o que seria o último dia de sua jornada.

CAPÍTULO 6

O RETORNO

Pela manhã, durante a refeição que fez juntamente a seus Irmãos de Luz, Lisa compartilhou histórias, e ouviu também as histórias e as sincronicidades impressionantes que os haviam impelido a atravessar o Portal. Apesar de saberem que estavam prestes a se separar, sentiam-se todos muito satisfeitos porque entendiam que estariam sempre conectados pelos elos espirituais de Luz, entrelaçados pelas missões semelhantes e tendo como princípio orientador o despertar dos corações. Percebiam da mesma forma, mais uma vez, que certamente esse não seria um trabalho fácil, porém, agora que haviam se reencontrado com suas missões e recebido seus colares, seriam auxiliados pelas forças evolutivas e pelos Mestres individuais, o que lhes dava enorme confiança e um ímpeto realizador insuperável.

Após a deliciosa refeição matinal, Lisa despediu-se afetuosamente de cada um e seguiu com o Mestre para finalizar sua jornada. Não tinha palavras para descrever a ligação profunda que sentia com esse ser iluminado e sábio que, sempre com extrema paciência, estivera a seu lado, ajudando-a e incentivando-a a prosseguir e transformar-se. Imensa gratidão era o que sentia e, nessa manhã em que tinha a certeza de que em breve se separariam, dispunha-se a aproveitar ao máximo a sua companhia e transbordante sabedoria.

Caminharam juntos na direção do anel rosado e branco de ameixeiras floridas por trás do templo e o atravessaram totalmente extasiados com a estonteante beleza de suas árvores cobertas pelas delicadas flores. Ultrapassando as ameixeiras, chegaram a uma densa floresta de pinheiros, ciprestes e abetos que se exibiam com altivez, oferecendo sombras variadas e brilhos esparsos de sol que reluziam fortemente entre seus altos caules, esparramando-se pelo chão. Lisa se encantava cada vez mais com a exuberância de todos os cenários vividos nesta jornada e prosseguia cheia de ânimo pela estreita trilha que serpenteava pelo pinheiral, sentindo seu aroma característico, algo tão comum em sua vida. Divertia-se também grandemente com as pinhas caídas pelo chão, que lhe traziam memórias maravilhosas de sua infância, de um tempo em que ela as recolhia e pintava para enfeitar a casa das bonecas.

Muitas outras lembranças boas vieram durante esse trajeto que agora lhe era especialmente oferecido, e ela seguia feliz, sorrindo para os pequenos esquilos que a toda hora apareciam e depois corriam afoitos para longe dos caminhantes. O Mestre a acompanhava cheio de vigor e entusiasmo, falando-lhe sobre árvores, pinheiros, bosques e flores, temas sempre muito apreciados por ela, e assim, conversando alegremente, avançavam pela floresta, afastando-se cada vez mais do lago e do templo onde ela vivera a maravilhosa experiência de recebimento de sua missão.

Após alguns minutos de caminhada e conversas, a floresta de pinheiros começou a se tornar menos densa e eles chegaram a um riacho raso e sinuoso, que atravessaram com cuidado, pisando nas pedras molhadas e recebendo os respingos da água em suas pernas. Do outro lado, o cenário se modificara; Lisa percebeu que os ciprestes e os pinheiros, agora raros, davam lugar a outras espécies de árvores um pouco mais baixas e diferenciadas entre si, algumas com florações em andamento, o que trazia uma variedade maior de cor à paisagem desse lado do riacho. Havia ali uma respeitosa transformação, que não mudava bruscamente o ambiente, porém ia cuidadosamente recriando os espaços com renovados padrões de florações, luz e sombra. Agora o sol já conseguia passar com mais facilidade entre as copas das árvores e o ambiente se aquecera gradativamente, trazendo ímpeto renovado para os jacintos azuis que cresciam com elegância à volta das árvores e ao longo da trilha, formando um tapete azulado de beleza indescritível. Lisa seguia cada vez mais encantada com tudo que via à sua volta e pelas surpresas desta jornada, pois percebia um *script* especial para ela nas paisagens que encontrava.

Sim, pinheiros, ciprestes, pinhas, jacintos e pequenos riachos sempre haviam feito parte de sua vida, e agora ali estavam, enfeitando seu último dia de jornada.

Seguiram por mais um tempo por um estreito caminho recortado entre as árvores e se aproximaram de uma pequena elevação coberta de plantas rasteiras e grama, a qual logo o Mestre começou a subir com rapidez e desenvoltura, no que foi imediatamente acompanhado por Lisa, que pressentia que algo importante aconteceria após essa subida inesperada.

Ela não estava errada em seu pressentimento. Ao chegarem ao alto, como se um truque de mágica tivesse acontecido para lhe oferecer um último regalo antes de sua partida, ela viu, maravilhada, abaixo de onde se encontravam agora, um imenso campo coberto por uma plantação de alfazemas, uma de suas flores preferidas. A plantação se espalhava a perder de vista, distribuída por grossas fileiras paralelas de alfazemas simetricamente arrumadas, que formavam um belíssimo quadro listrado de cores lilases, verdes e roxas. Entre as fileiras plantadas e já floridas, perfilavam-se caminhos estreitos que convidavam o viajante a se aventurar para um passeio entre as flores.

Mas nesse lindo campo havia algo a mais: bem posicionada no seu centro, destacava-se uma pequena área circular de terra, com uma árvore solitária de tronco largo e copa bem ampla, tendo a seus pés um banco duplo de madeira que convidava ao descanso naquele pequeno espaço sombreado. Lisa soube logo que era para lá que devia se dirigir. Sem esperar que o Mestre a convidasse, desceu rapidamente o pequeno monte e caminhou com uma espontaneidade infantil pelos caminhos recortados entre as linhas de plantação, sentindo bem de perto a energia que emanava das flores. Aproximou-se da linda árvore, sentou-se no banco que agora, de perto, parecia mais imponente, e ali ficou quieta, procurando absorver por uns segundos a fragrância deliciosa e relaxante das alfazemas, e a incrível vibração que esse espaço encantador emanava. Lisa compreendeu de imediato que esse seria o lugar de sua despedida, pois o Mestre, agora de pé à sua frente, começava a lhe falar de forma bastante carinhosa, com uma emoção nunca demonstrada antes:

— Você está pronta para retornar à sua vida e cumprir sua missão, Lisa. E, por isso, pode seguir daqui sozinha e atravessar de volta o Portal.

Chegou a hora de nos despedirmos neste aqui e agora da jornada, mas você sabe que estaremos sempre unidos pelo coração. A qualquer hora que desejar, feche os olhos, sinta seu coração, que lhe responderei. Você e seus Irmãos de Luz vieram a este mundo neste momento crucial vivido pela humanidade para ensinar aos seres humanos a sabedoria sutil do coração e permitir que uma nova sociedade seja construída, alicerçada em valores e virtudes espirituais da Nova Era. Por isso, sempre terão seus Mestres para ajudar. Nada tema, Lisa, porque você já tem todas as ferramentas interiores e os conhecimentos necessários para poder realizar com êxito pleno essa missão. Já conhece as Cinco Verdades Básicas que servirão de fundamento espiritual para permitir seu próprio salto e também de cada indivíduo que for colocado à sua frente – isso representa o *Saber* da Trilogia. Já recebeu também as Oito Virtudes do Coração que encerram as atitudes e as qualidades do Acendedor de Corações, e servem de espelho para cada um que desejar alinhar-se com um agir dimensionalmente evoluído – isso representa a *Ser* da Trilogia. E já se reencontrou com sua Missão de Alma, compreendendo a regra básica de que tudo principia no amor incondicional e em seus sentimentos elevados, voltados para o Bem coletivo – isso representa o seu *Servir.*

— Principalmente – ele pontuou ainda visivelmente emocionado – já recebeu seu colar dourado do coração, com a força insuperável de conexão com o Mestre da Luz. Além disso, eu pude testemunhar sua profunda transformação durante a jornada e seu comprometimento com sua cura, e posso declarar que sua intuição está dimensionalmente elevada, o que facilitará seu alcance aos níveis superiores de informações. Portanto, tudo está certo, perfeito, com coração, não é mesmo? E para que você possa se recordar dessa jornada e aprofundar seus aprendizados, reflexões e as técnicas, aqui estão o seu caderno e o gravador; leve-os com você.

Lisa segurou os dois com reverência e gratidão, folheou o caderno por um tempo, relembrando cada anotação sua, depois o deixou em cima do banco com o gravador, guardando-os como um tesouro para a sua volta. Neste momento, viu os pássaros dourados se aproximando e cantando com suavidade o mantra que repetiram seguidamente para ela. Lisa não se conteve e repetiu essas palavras sagradas com eles algumas vezes, entendendo que esse era o mantra do coração a ser ensinado a todos que ela pudesse encontrar e que buscassem sua orientação. Os pássaros então deram uma última volta no céu, aproximaram-se dela e, da mesma forma que havia acontecido com o Mestre da Luz no templo, desmaterializaram-se instantaneamente e ela não os viu mais. Uma lágrima solitária rolou pela sua face, trazendo com ela a saudade que Lisa já sentia de poder encontrá-los todos os dias.

Olhou de volta para o Mestre, sabendo que chegara a hora real da despedida dos dois e, com os olhos que deixavam rolar novas lágrimas, levantou-se para ficar bem à sua frente. Percebeu que ele vibrava com uma Luz ainda mais forte do que a usual, que Lisa recebia como puro amor incondicional, e viu seu sorriso benevolente e amoroso abrir-se pela última vez em seu rosto amigo. Sorriu de volta, fazendo desse sorriso um selo da cumplicidade entre os dois que, ela sabia, continuaria para sempre em sua vida. Neste exato instante, sentiu uma vibração ainda mais poderosa irradiar do Mestre e envolver os dois, unindo-os como se fossem um só corpo e oferecendo à Lisa uma experiência inédita de transcendental conexão. E foi então que ouviu suas últimas palavras:

— *Você está pronta, Lisa. Grave em seu coração: o Amor é o salto evolutivo!*

Depois de pronunciá-las, brilhou com uma intensidade indescritível e, num relance, desmaterializou-se também, deixando por todo o campo e, especialmente em Lisa, o êxtase do amor sem limites e sem barreiras que sempre uniria os dois.

Lisa estava agora sozinha, em meio ao esplendor silencioso daquele campo de alfazemas, sentindo ainda vibrar por todo o seu corpo a poderosa energia do Mestre. Apesar da saudade que já ardia de leve em seu peito, seu coração estava pleno de felicidade pela permissão que tivera de poder realizar essa transformadora jornada e expandir seu ser por meio das Verdades e das experiências vividas. Sentou-se novamente, imersa nas emoções recém-sentidas, fechou os olhos e aproveitou o banho de paz que lhe vinha do campo de alfazemas e desses últimos momentos. Chegara a hora de voltar, pensou, e entregou-se confiante ao que achava ser o desfecho da jornada.

No entanto, logo após esse pensamento, teve a sensação de uma presença junto de si e, sem demora e curiosa, abriu os olhos, procurando saber o que seria essa sensação. O que viu fez com que ela percebesse que a mágica da jornada ainda iria continuar um pouco mais, pois, empoleirada na ponta do banco onde se encontrava, assentava-se imponente uma linda águia de bico amarelo, pescoço branco e penas pretas como ébano – poderosa e altaneira –, exatamente a mesma que desenhara em seu caderno após uma das meditações do coração. Ela a encarava com um olhar firme, porém amoroso, como se a convidasse para mais uma experiência nesse final de jornada. E Lisa então, confiante como sempre no processo, entregou-se mais uma vez; sabia que tinha de fechar os olhos e acionar o *sentir* para viver talvez sua última experiência desse lado do Portal. Assim fez e logo algo incrivelmente místico, porém maravilhoso, aconteceu: seu corpo começou a se transformar vagarosamente naquela águia, num processo suave e transcendente, até que ela e a águia se confundiram num só ser.

Adivinhando o que tinha de fazer, abriu as asas majestosas e saltou no ar, iniciando seu voo pelo céu azul e límpido. Logo sentiu o toque do calor do sol e as carícias da brisa que soprava nas alturas; lá de cima, planou sobre todo o trajeto de sua jornada, revendo seu rio amado, o gazebo, o lago, a cabana, a caverna do coração, as florestas, os bosques e o templo da Luz. Despedindo-se e agradecendo por tudo que vivera, voava cada vez mais alto, conseguindo agora visualizar o planeta todo, cada pedaço de sua incomparável beleza. Era uma experiência fantástica e inesperada; sentia-se liberta, plena e poderosa, com as enormes asas abertas, que a levavam daqui para ali, concretizando o voo da águia com sua visão altaneira, a derradeira permissão dessa jornada. Voou maravilhada por planícies, campos, rios, cascatas, países e cidades, e tantas outras maravilhas da vida na Terra. E num impulso de amor e respeito, parou no ar e pediu perdão à Mãe Terra pela destruição e pela falta de amor dos seres humanos, que tanto a haviam maculado e violentado. – *Perdão, perdão* – repetia sem parar.

E nesse exato momento algo extraordinário aconteceu. Ela começou a ter uma visão acalentadora da Terra, como se a Mãe Terra respondesse ao seu pedido de perdão e buscasse acalmá-la. Uma energia de puro amor começou a envolver o planeta, reverberando por cada centímetro de seus lindos espaços e também por seus povos, curando e regenerando, transformando tudo em Luz. Era um processo lindo de se ver e Lisa plainou no ar maravilhada, acompanhando esse momento de iluminação planetária que via acontecer diante de seus olhos de águia. Não demorou muito e a Terra estava já totalmente tomada por essa energia e vibrava em pura Luz de Amor.

Lisa permaneceu ainda um tempo planando e observando essa regeneração da Terra, e sentiu seu peito de águia bater mais forte ao entender a mensagem dessa visão: *a Luz assumiu o controle da Terra! O planeta está salvo!* Era como se a Terra lhe dissesse: mude seu olhar, voe alto, com o olhar altaneiro do coração, perceba o movimento sutil e inadiável de salvação que se processa, e você verá que uma verdadeira magia cósmica já está acontecendo para a evolução da Terra.

Lisa sentiu seu coração transbordar de uma felicidade sem limites por poder ter a visão da instalação de uma nova era para o amado planeta. Com um sentimento de puro enlevo, voou mais um tempo pelo espaço límpido do céu e, aos poucos, começou a descer das alturas, observando uma última vez cada pedacinho da linda visão da Terra transformada em Luz, indo ao final pousar de volta no banco de madeira no campo de alfazemas. Em segundos, seu corpo estremeceu e ela se percebeu novamente como Lisa, sentada no banco embaixo da bela árvore solitária. Olhou para os lados, procurando a águia, e não a viu mais; estava novamente sozinha, rodeada pelas lindas plantações de alfazemas. Num impulso, pegou o caderno e folheou-o, procurando a página onde desenhara a águia após a meditação e confirmou fascinada que o desenho que fizera era sim a cópia perfeita da águia que a visitara agora. E mais impressionada ficou ao ler o que escrevera: *olho a vida do alto e conduzo pessoas a realizar um voo especial – o voo do coração – que percebe o imperceptível e vê o que não está explícito.*

Ali sentada, rodeada pelo esplendor das cores e pelo perfume da plantação, e ainda totalmente tocada pela experiência do voo da águia, Lisa não sentia pressa em voltar; desejava ficar um pouco mais e refletir sobre tudo que vivera e aprendera na jornada que agora chegava ao seu fim.

Fora um processo misterioso e surpreendentemente revelador, que perpetrara uma transformação tão grandiosa dentro de Lisa que parecia ter durado anos. No entanto, apenas alguns dias haviam se passado.

A jornada do coração, pensou, é uma viagem profunda e intensa para dentro de si, um reencontro com a essência fundamental de ser, que é a Luz do Amor, e representa um salto tão incrível de percepção e sentir que somente quem a vive pode conceber. E o reencontro com a Missão de Alma traz para o viajante da jornada a real consciência de autenticidade e integridade de ser.

Lembrando-se de todos os detalhes dos cenários que encontrara, Lisa percebia com nitidez que sua jornada havia sido especialmente desenhada para ela, fazendo-a reviver locais e experiências que haviam preenchido partes de sua vida e possuíam grande significado em sua trajetória. Da mesma forma, percebia com clareza que as lições que aprendera, os ensinamentos que recebera e os desafios enfrentados encerravam tudo que ela própria precisava aprender e curar para poder evoluir e levar outros a evoluir também. Essa era certamente a sua jornada, de mais ninguém. E cada um que ouvir o chamado e escolher atravessar o Portal para realizar a jornada do coração viverá essa experiência de modo único, porque todos são iguais na essência de Luz, porém diferenciados nos aprimoramentos necessários para cumprir uma missão especial na Terra.

Essa jornada lhe trouxera especialmente o despertar do coração espiritual, a descoberta de um poder e sabedoria ímpares, e agora ela podia afirmar com total certeza que, no contexto da Nova Era de Luz, o coração surge como o grande iniciador, a ponte entre os dois mundos – o material e o espiritual – e, exatamente como lhe ensinara o Mestre, correspondia a uma fenda evolutiva sem igual, altamente expansiva, um verdadeiro Portal Sagrado. E refletiu: no coração somos o melhor Eu que podemos ser; no coração somos o espelhamento da essência Divina em nós e, por isso, por meio dele, tudo se torna possível.

Imersa em suas reflexões, Lisa constatou também a grandiosidade desse momento vivido atualmente no planeta, pois nele os seres humanos estão recebendo a permissão de ter alcance a verdades cósmicas eternas da existência, nunca antes reveladas, a não ser para grandes Mestres. E isso faz dessa transição planetária um momento realmente único, cuja importância nem sempre é reconhecida pelos que estão afastados da Luz. Contudo, como também aprendera, todos estão sendo chamados a participar do processo de alinhamento frequencial em curso, restando a cada um fazer a escolha por participar ou não. Após a linda visão da Terra plena de Luz durante seu voo, Lisa não tinha mais dúvidas de que o Bem triunfará, a transformação acontecerá por todo o planeta e a Terra se tornará, sim, um planeta evoluído e pleno de Amor.

Pensando sobre isso, percebeu por que é tão urgente fazer nascer o novo ser humano, aquele que estará apto a compreender e atuar no mundo a partir do *sentir* mais elevado e da sabedoria do coração, a qual se unirá à mente para criar a nova inteligência transformadora. Mais uma vez, seu coração se encheu de uma imensa gratidão por ter sido escolhida para realizar esse belo trabalho de Acendedora de Corações, e isso lhe dava segurança de afirmar, com total certeza: quem estiver vibrando no Amor será certamente aproveitado como cocriador da evolução pelos grandes idealizadores do Plano para a Terra. Mesmo que grandes atribulações possam acontecer, quem escolher o coração nunca terá de temer ou se preocupar.

Após todas essas reflexões, sentiu-se segura, em paz e confiante, e soube em seu coração que estava pronta para retornar; sua missão a esperava do outro lado do Portal. Permaneceu apenas mais alguns segundos ali sentada, absorvendo a poderosa energia de tudo à sua volta e despedindo-se desse lindo cenário à sua frente. Depois, conhecendo bem o processo da jornada, fechou os olhos e acionou o sentir mais elevado pela conexão com o Espaço Sagrado do Coração. Em segundos, sentiu uma forte vibração à sua frente, como um chamado vindo do campo, e imediatamente abriu os olhos, não se espantando em ver, a pouca distância de onde se encontrava, o Portal, reluzente e majestoso, mostrando que chegara, sim, a hora de retornar.

Sem hesitar, levantou-se, pegou o caderno e o gravador, e caminhou entre os canteiros das lindas alfazemas até chegar diante dele. Não tinha mais nenhuma dúvida, nem medos, nem inseguranças – ela era, sim, uma Acendedora de Corações e estava pronta para cumprir sua Missão de Alma! – Um coração de cada vez, todos juntos ao final! – repetiu com suavidade.

Plena de certeza, Lisa deu alguns passos vagarosos e firmes à frente, abriu as portas duplas do Portal e iniciou a travessia para o que seria sua nova vida. E enquanto o fazia, segurou com força a medalha pendurada no peito para sentir sua energia poderosa, e gritou com retumbante força e alegria o mantra que entoara junto a seus irmãos pássaros:

Tudo certo, tudo perfeito, tudo tem coração!

E, plena de Luz e Amor, iniciou o caminho de volta e entregou-se totalmente aos mistérios e magias do coração.